没有什么了不起

蔡澜 著

北京时代华文书局

图书在版编目（CIP）数据

没有什么了不起 /（新加坡）蔡澜著 . -- 北京 : 北京时代华文书局 , 2024.6
ISBN 978-7-5699-5449-4

Ⅰ . ①没… Ⅱ . ①蔡… Ⅲ . ①散文集－新加坡－现代 Ⅳ . ① I339.65

中国国家版本馆 CIP 数据核字 (2024) 第 070585 号

北京市版权局著作权合同登记号　图字：01-2023-4089

Meiyou Shenme Liaobuqi

出 版 人：陈　涛
选题策划：陈丽杰
责任编辑：石　雯　陈丽杰
责任校对：陈冬梅
营销编辑：俞嘉慧　赵莲溪
封面设计：小费设计
内文插图：苏美璐
内文设计：段文辉
责任印制：訾　敬

出版发行：北京时代华文书局 http://www.bjsdsj.com.cn
　　　　　北京市东城区安定门外大街 138 号皇城国际大厦 A 座 8 层
　　　　　邮编：100011　电话：010-64263661　64261528

印　　刷：三河市嘉科万达彩色印刷有限公司
开　　本：880 mm×1230 mm　1/32　　　成品尺寸：140 mm×210 mm
印　　张：8.25　　　　　　　　　　　　字　　数：160 千字
版　　次：2024 年 6 月第 1 版　　　　　印　　次：2024 年 6 月第 1 次印刷
定　　价：49.90 元

做人不是一件容易的事，

所以要好好地

做到像一个人。

脸上的每一条皱纹，
都写着我每一种人生经验，
这是我的履历书，
不必擦掉。

不期望成为大师，
心里便没负担。
做人，逍遥快活最要紧。

目录

看开点吧

第二章

第三章

相信自己的真性情

第四章

人生要学的，太多

序·蔡澜是一个真正潇洒的人

　　除了我妻子林乐怡之外，蔡澜兄是我一生中结伴同游、行过最长旅途的人。他和我一起去过日本许多次，每一次都去不同的地方，去不同的旅舍和食肆；我们结伴同游欧洲，从意大利北部直到巴黎，同游澳大利亚、新加坡、马来西亚、泰国之余，再去北美，从温哥华到三藩市（旧金山），再到拉斯维加斯，然后又去日本。最近又一起去了杭州。我们共同经历了漫长的旅途，因为我们互相享受做伴的乐趣，一起去享受旅途中所遭遇的喜乐或不快。

　　蔡澜是一个真正潇洒的人。率真潇洒而能以轻松活泼的心态对待人生，尤其是对人生中的失落或不愉快遭遇处之泰然，若无其事，不但外表如此，而且是真正的不萦于怀，一笑置之。"置之"不太容易，要加上"一笑"，那是更加不容易了。他不抱怨食物不可口，不抱怨汽车太颠簸。他教我怎样喝最低劣辛辣的意大利土酒，怎样在新加坡大排档中吸牛骨髓，我会皱起眉头，他却始终开怀大笑，所以他肯定比我潇洒得多。

我小时候读《世说新语》，对其中所记魏晋名流的潇洒言行不由得暗暗佩服，后来才感到他们矫揉造作。几年前用功细读魏晋正史，方知何曾、王衍、王戎、潘岳等等这大批风流名士、乌衣子弟，其实猥琐龌龊得很，政治生涯和实际生活之卑鄙下流，与他们的漂亮谈吐适成对照。我现在年纪大了，世事经历多了，各种各样的人物也见得多了，是真的潇洒，还是硬扮漂亮，一见即知。我喜欢和蔡澜交友交往，不仅仅是由于他学识渊博、多才多艺，和我友谊深厚，更由于他一贯的潇洒自若。好像令狐冲、段誉、郭靖、乔峰，四个都是好人，然而我更喜欢和令狐冲大哥、段公子做朋友。

蔡澜见识广博，懂得很多，人情通达而善于为人着想，琴棋书画、酒色财气、吃喝玩乐、文学电影，什么都懂。他不弹古琴、不下围棋、不作画、不嫖、不赌，但人生中各种玩意儿都懂其门道，于电影、诗词、书法、金石、饮食之道，更可说是第一流的通达。他女友不少，但皆接之以礼，不逾友道。男友更多，三教九流，不拘一格。他说黄色笑话更是绝顶卓越，听来只觉其十分可笑而毫不猥亵，那也是很高明的艺术了。

过去，和他一起相对喝威士忌、抽香烟谈天，是生活中一大乐趣。自从我心脏病发之后，香烟不能抽了，烈酒也不能饮了，然而每逢宴席，仍喜欢坐在他旁边。一来习惯了；二来可以互相悄声说些席上旁人不中听的话，共引以为乐；三来可以闻到一些他所吸的香烟余气，稍过烟瘾。

蔡澜交友虽广，但不识他的人毕竟还是很多，如果读了我这篇短文心生仰慕，想享受一下听他谈话之乐，又未必有机会坐在他身旁饮酒，那么读几本他写的随笔，所得也相差无几。

金庸

第一章 没有什么了不起

微笑的种子，开花了

1

从赤鱲角飞大阪关西机场只要三小时，再直接乘一个半小时的车就到京都了。

我们这次是来抄经的，一群人浩浩荡荡迫不及待，但我还是要大家先吃顿好的，睡一晚，翌日去。我一向抄经就在早上，这习惯改不了。

第二天，我们来到岚山，因为路窄，要步行十多分钟之后才能到目的地"寂庵"。

"为什么抄经一定要跑到日本来？"有一位团友终于忍不住问。

"什么地方都可以，这里吃住都好，借故来的。"我笑着回答。

"京都那么多大庙，为什么要选这家小庵堂？"

"随意一点嘛。"我说，"庵的住持濑户内寂听是我的老友。"

"寂听是她的名字吗？"团友又问，"为什么取个'寂'字？因为寂寞？"

"照她的解释，'寂'字可作静。我们就静静地听她讲经吧。"

再也没其他问题，我们继续往前走。

从前只是一块农地，濑户内这位大尼只手空拳买了下来，按照自己的意思，一草一木地建起这个幽静的庵堂来。

门口很小，挂着一块用毛笔字写着"寂庵"两个字的招牌，已被风雨冲淡了墨汁，另有个大竹筒，筒上开了个口，写着"投句箱"三个字，用来让施主们留言，也代替了普通的邮箱。

走进院子，种满了树，可怜的小白花开放，一点一点。

花下有很多地藏石像，日本人供奉的都不是留胡子的土地公，而是每一个都像儿童。有些包了一块红巾，像家庭主妇下厨时的围裙，不知有何典故，下次遇到友人再问个清楚。

另有一块巨石，刻着用抽象字体写的"寂"字，那么多个"寂"字，让整个环境的气氛，产生了一种非常幽静的感觉，令人安详。

再往前就是庵堂，而住持的住宅建在另一边。

2

"真是不巧。"濑户内寂听的秘书长尾玲子一见到我就说，

"老师昨天晚上跌了一跤，肋骨断了。"

团友们听了失望，我说："古人访友，有时过门不入。"

"您讲话还是那么有意思。"玲子说，"老师一直多么希望能见到您，从上次《料理铁人》节目中遇到您之后，我们时常提起。"

"那时候你也在吗？"我已经不记得了。

她微笑点头："请进，请进。"

庵堂之中，前面摆着佛像，堂内已有数十张小桌，透过白纸可以看到下面铺着《心经》，我们逐字临摹即可。

砚箱中还有一块砚、一条墨、一个盛水的小碟、一把舀水的小匙，日本人叫为"水差"，另有二管毛笔和一块笔架以及两个文镇。

"写好了，请将砚和笔在后院洗干净，放回箱中好了。"玲子叮咛。

香炉中的烟飘过来，我们可以开始了。

团友们看着毛笔，又望见没有桌椅的榻榻米，一阵疑团，心里一定在说："几十年没碰过毛笔，怎么写？又要盘腿坐着写，膝盖受得了吗？"

我说："脚酸了，起来走走，中间停下，也不会像在学校里那样给先生骂的。"

众人笑了，放松了一点，我又接着说："毛笔，只是一种工具，我们一抓，等于是手指的延长，不必怕。这是我的书法老师冯康侯先生教我的。"

大家更安心了一点。

"能写多少字是多少字，写多少行是多少行，经文的内容不必明白，如果不懂又想知道，等写完我再解释。"

先滴水，再磨墨，我们举起笔来，一字字抄。

寂听人不在，但她的文章曾经写过："无心抄，也能把心安稳，任何苦难，任何悲哀，一概忘怀，这就是写经的无量功德了。"

3

大家一起抄经，一字字用毛笔描，其中也有些写惯经的，但也因盘膝而不舒服，不过大家动也不动，把一页经书抄完。

"有点不可思议。"团友说，"我以为一定忍不住要站起来的。"

我走到各人面前看，有些笔画幼稚，有些纯熟，俨如书法家，其中一位刘先生写得最好。我说："有什么要问的吗？"

大家都摇摇头："今后慢慢体会好了。"

"有什么共同的感受？"

"舒服。"大家回答。

本来庵里也设了一个小卖部，今天不开了，看宣传单，有好几种。

"和颜施"是挂墙日历。什么叫和颜施？寂听说："是一直微笑的面孔。布施并不一定用金钱，人类的表情之中，微笑最美了，遇到人便微笑，就是另外的一种布施。"

挂历印着寂听名言，也有每日一句的案头日历出售，印着旧历、二十四节气和一年中的自然现象，像"今日牡丹花开"等。

最值得购买的是寂听的"微笑日记"，和别的不同，没有年份。

不但没年份，月、日都是空着的，另有空格让人填上：一、起床和就寝的时刻，让人知道睡眠时间充不充足；二、今日早、中、晚饭，记录吃的东西平不平均；三、早、中、晚的服药；四、今日走的步数。

最重要的是有一个叫"微笑的种子"的栏目，寂听问："你开心吗？你快乐吗？你感恩吗？觉得其中之一，就要记下来，这是你微笑的种子。"

她并不赞成每天都要记日记，她说："想记就记，不必勉强自己，另外，一有快乐的事，就要填入'微笑的种子'栏内，遇不愉快的日子，便翻阅。你能记得过往有那么多开心事，心情自然平静了下来。微笑的种子，开花了。"

4

"我看不懂日文，请你把寂听的名言翻译来听听。"有位团友要求。

试译如次：

爱有两种姿态：渴爱和慈悲。想独占对方，又嫉妒又执着的是渴爱。慈悲是没有要求回报的爱，没有条件的爱。释迦叫人别爱，是要人戒渴爱。

旅行和爱，有相似的地方。喜欢旅行的人，都是诗人。

旅行和死，又有相通之处，出门后不回来，是诗人才能了解的情怀。

孤独又寂寞时，去旅行吧！旅行能把寂寞的心灵和疲倦的身躯轻轻抱起。

在不同环境下，不同心情之中，我们有交友的缘分，这是天赐给我们的，去旅行吧！

今天是一个好日子，明天也是一个好日子。一起身就那么想好了。一旦有什么不愉快的事发生了，就说：咦，弄错了吧？这么想就对了，开朗的人，不幸的事是不会发生在你身边的。

穿华丽的衣服能够让你心情开朗，穿灰暗的衣服心情就沉了下来。所以我越来越爱漂亮的颜色，偶尔也施点脂粉，这并不犯戒。

近来的年轻人知道过圣诞节送礼物，过情人节又送礼物；他们不知道有布施这回事。布施，是送给佛的礼物。

我年纪越大，越感觉到自己身上的血就是父亲的血留下来的。我倒酒给别人喝的时候，瓶口和杯子的角度、距离和手式，和父亲的像得不得了，令我想到在父亲生前，为什么不对他好一点。

任何悲哀和苦难，岁月必能疗伤，所以有"日子是草药"这句古话，只有时间，是绝对的妙药。

抄经和读经，不是一张进入幸福的门票。不期待回报的写经，才是一种真正的信仰。

精神上的健康，比一切都重要

"你清瘦多了。"友人一看到我就这么说。

"你胖多了。"又一个友人说。

我不能阻止他们的评价，其实，我的体重保持在七十五公斤左右，多年来没有变过，不然那么贵的西装，换来换去，再赚也不够花。让人感觉到肥胖，是照片或电视上的形象。镜头下，总比现实生活中臃肿，所以当演员的脸形都要瘦长的比较着数（粤语，意为捞到便宜）。

"没有想到你真人那么高。"没见过我的人也都这么说。人家看我清瘦，是因为我没有站起来。

我从十四岁开始就长到六尺（这里指英尺），当今缩小了一点，也有一百八十厘米，矮小的印象，是没有比例之故吧。

水墨画中，常有一个人物，才看出山峰之高。看到大鱼，人人都举着相机来拍，但出现在照片中的是小小一尾。我会在鱼的身边摆一包香烟，才能显出那条鱼有多大。

别人的主观，是避免不了的。

"你出那么多书，一定很辛苦！"他们总是这么说。

我一听到"一定"这两个字，就笑了出来：子非鱼，安知鱼之乐？

和大家旅行时，我有助手帮忙打点一切，那几天是我最空闲的时候，吃完饭就睡觉，一大早起来写的稿，字数比香港的人数还要多。

精神上的健康，比一切都重要，为什么大家都要为我的身体担心呢？

都是好意，接受了吧。但是太过分的关怀，也增加了我的心理负担，可免则免。

到了这个阶段，"一定"辛苦的事，我不会，也不肯去做。

"我替你拉拉皮，不痛的。"好几位整容医生朋友都好心地说。

我总是笑笑："脸上的每一条皱纹，都写着我每一种人生经验，这是我的履历书，不必擦掉。"

每一天都问自己活得好吗

在网上看到一则关于年龄的趣事，试译如下：

在我们生命中，唯一觉得老是一种乐趣的，只有我们当儿童的时候吗？

"你多少岁了？"人家问道。

"我四岁半。"

当你三十六岁时，你绝对不会回答："我三十六岁半。"

四岁半的人长大了一点，给人一问，即刻回答："我十六岁了！"

也许，那时候，你只有十三岁。

到了二十一岁那天，你伸直了手，握着拳，学足球运动员把拳缩回来，大叫："Yesssss！我已经二十一岁了！"

恭喜你，转眼间，你已三十，再也不好玩了！天哪，那么快！一下子变四十，怎么办？怎么挽留也没用，你不只变四十，而且五十即刻来到。这时候你的思想已经改变："我会活到六十吗？"

你从"已经"二十一，"转为"三十，"快要"四十，"即将"

五十，到"希望"活到六十，"终于"七十。最后，你问自己"会不会"有八十的寿命。很幸运，你九十岁了，你会说："我快要九十一了！"

这时候，有一件很奇怪的事发生。人家问起："你多少岁了？"

你返老还童地回答："我一百岁半。"

快乐的人把年龄、体重、腰围等数字从窗口扔了出去。让医生去担心那些数字吧！你付他钱，医生就要处理，我们别管那么多。

生命并非以你活了多少岁来计算，而是以你活得有没有意义来衡量。打麻将去吧！如果你没有什么嗜好。至少你不会患上阿尔茨海默病。

每一天都问自己活得好吗？散散步，看看花；是免费的。

做人要做得比较有乐趣又更有味道

科学家发现了甜、酸、苦、辣之外的第五种味觉，称之为"UMAMI"，此语来自日文的"旨味"。因为，这第五种味觉，就是味精的甜味，而味精是日本人提炼出来的，故此命名。

日本人一尝佳肴，即刻大叫："OISHII! OISHII!"写成汉字是"美味"，除了这个"美味"之外，他们称此食物好吃时，也点头说："UMAMI!"写成汉字，就是"旨味"了。

科学家说味精包含豆类、肉类等。我们把豆熬汤，自然有甜味，而此甜味又与糖的甜不同，是种增加食欲的引诱的因素。

有些朋友受不了味精，一吃到就皱眉头，这是对味精的敏感，和有些人吃到海鲜便皮肤痒同一道理。

海鲜当然无害，在一九九五年科学家终于证明味精是无害的，除了敏感之人，我们可以放心大嚼味精了。

味精吃多了口渴，盐吃多了也要喝大量的水呀！岂不一样？

我是味精的拥护者，一点也不介意吃。但是我烧菜时不用味精，这就和知道有自由权而不去使用一样。拥有了这一点，更觉生命很充实。

　　我不喜欢人生之中的种种禁忌。像把吃猪油形容得很恐怖，都是谣言。有时我们对某些东西不去深入地研究，听了就信以为是，太可怜了。科学家已证实，一百克的猪油之中的胆固醇含量，还没有一颗蛋黄那么多，我们早餐天天吃蛋，但怎会去吃一百克的猪油呢？

　　现在我们打破了味精对人体有害的传言，绝对是好事，煮菜煮得笨拙的人，大可下味精，至少不会那么枯燥无味。

　　味精对于食物，就像色情对于人生一样，有时讲讲荤笑话，做人也做得比较有乐趣又更有味道。我们应该去重新发现"性之味"。

一种本性特别喜欢的东西，可以当药

李渔说："一种本性特别喜欢的东西，可以当药。"

人的一生之中，总有一两样偏爱偏嗜的，像文王偏爱用菖蒲腌成的酸菜，曾皙偏爱羊枣，刘伶好酒，卢全好茶，权长孺好爪，都是一种嗜好。嗜好的东西，跟他性命相同，如果重病时能得到，都可以称为良药。

医生不明白这个道理，一定要按《本草纲目》检查药性，跟病情稍有抵触，就把它当成毒药对待，事实上这是特殊的病，不可能很快治好。当今，加上报纸上的医疗版，一说什么什么对身体不好，你就一世都甭想吃了。连豆腐也说有尿酸，青菜有农药，鱿鱼全身是胆固醇，咸鱼会生癌，鱼卵更不可碰。内脏呢？恐怖恐怖！吃鸡不可食鸡皮，剩下只有发泡胶般的鸡胸肉了。

当年瘟疫盛行，李渔得病犹重，适逢五月天，杨梅当造（粤语，意为当季），这东西李渔最爱吃，妻子骗他说买不到，岂知他们家就住在街市旁边，李渔听到叫卖，不管三七二十一，买来大嚼，一吃就是一斗，结果病全好了。

这种说法，与倪匡兄的理论完全一致，这位老兄说："人一快乐，身体就会产生一种激素，把病医好。"

我也同意，只要不是每天吃、一天三餐吃的话，一点问题也没有。别以为满足一时之欲是件坏事，其实是种生理和心理的良药，绝对可以延长寿命。就算不灵，死也死得快乐呀。

个性郁闷、言语枯燥的男人，是没有药医的，因为世上没有一种东西是他们喜欢的，他们本身就是一种传染病，会把你的精力都吸干为止，凡遇此种人，避之避之。

菜市场中，所谓的不健康食物，多是我们的酷爱。不喜欢肥猪肉，是因为你的身体不需要肥猪肉，我年轻时又高又瘦，见到肥猪肉就怕，当今爱吃，已把它当药。狐狸精会炆好三盅东坡肉，凡一切病，都能替我治好，她才是名医。

我的乐观是天生的

记者：我看金庸先生写过一篇文章，说最喜欢跟你一起
　　　去玩。

蔡澜：我们很合得来，他很看得起我！我们刚刚从柬埔寨回
　　　来，去了一趟吴哥窟。

记者：你跟金庸先生交往多年，对他的印象如何？

蔡澜：他是我最敬佩的人，因为那时候看他的小说，看得入
　　　迷了。我最近又在翻看，很好看，写得很精彩。

记者：作品之外，他在生活中是一个什么样的人？

蔡澜：他睡得很晚，早上也很晚起床，然后就看书，看很多
　　　很多书，我看看书看得最多的人就是他了。他看了就
　　　能记下来，记下来后可以写出来，这个让我很佩服。

记者：那倪匡呢，你写了他那么多趣事。

蔡澜：他脑筋很灵活，想的东西很稀奇古怪。

记者：他现在在旧金山的生活怎么样？

蔡澜：想什么时候起床就什么时候起床，想什么时候吃饭就什么时候吃饭，根本就没有什么规定，逍遥自在。

记者：黄霑又是什么样的人呢？

蔡澜：黄霑在音乐上的才华是不可否认的，对音乐的认识也非常有趣。

记者：你、倪匡、黄霑三人曾主持轰动全港的电视清谈节目《今夜不设防》，当时情况是怎么样的？

蔡澜：那时候，倪匡爱上了一个夜总会的妈妈生（即老鸨），就常常请我们到夜总会去，叫所有的女人都来了。结果我们三个人一直讲话，那些女的就一直笑，变成我们在娱乐她们。我们说既然要花这个钱，让那么多人笑，不如就把它搬去电视台谈同样的东西嘛。那就做了这个节目，话题没有限制，什么都讲，大多是比较好笑的吧。

记者：美食、电影、旅游、友情等人生经历，你都写到书里去了，这些东西你写到最后，对人生的总体看法是什么？

蔡澜：乐观对自己很好，但我的乐观是天生的。我们跟整个宇宙相比，只是短短几十年，一刹那的事情，希望自己快乐一点，我在很年轻的时候就懂得这个道理，就一直往快乐这个方面去追求。很多大学做了很多研究，全世界的结论是：最好的人生就是尽量地吃吃喝喝。

讲美好的人生，大家都高兴

早前到北京，顺便做一个电视节目，但主要目的，还是去北京大学向学生们演讲。

到过剑桥大学、牛津大学、耶鲁大学、哥伦比亚大学和海德堡大学，就是没去过北大。人生第一回，也是很刺激的。

同事们载我在大学中走一圈，看到了未名湖和那个供水塔。校园内桃花开遍，全树花，一点叶也没有，粉红得灿烂。

建筑物不统一，这一栋那一栋，老的新的，杂乱无章，是没规划，也把传统的部分拆除建新之故吧。

金庸先生在这个礼堂演讲过，我在同一个地方沾上一点光，有点喜悦。

礼堂里挤满了年轻人，我主动请在门外的同学走进走廊中坐下，说别那么严肃，当成朋友交谈。

我一向不会准备好讲词，开场白说了一段简短的什么光荣之至的客气话，接着就请同学们发问。这个方法最好，反正是同学最喜欢听的话题，好过自己决定。

"尽管问好了。"我说。

最初的问题很长，同学们手上拿着笔记，自己发表了一些言论之后："有三个问题，第一……第二……第三……"

我最怕这种问法，第一个问题还记得，谈到一半，第二、第三个都忘记了，还是请他们再问一次，然后耐心地从头答到尾，大家很满意。

接近尾声，我要求问题愈短愈好，我的答案也尽量精简，像球一样，抛来抛去，搞得气氛非常热烈。

北上演讲，旁人有点忌讳，我谈的都是怎么把生活素质提高的话题，符合走向小康的原则，又集中在美好的人生，大家很高兴。

愈讲愈放肆，拿出小雪茄来抽，同学们先说不介意，最后干脆从和尚袋中找到二两装的玻璃瓶二锅头喝，这时得到的掌声最大。

放下一切，走吧

飞往欧洲的国内机，又窄又小，当然没有电影看，只能听录音书罢了。在巴士上，我也读不了书，全靠听。只在酒店房间，才能翻翻书本，这几天重看了《在路上》（*On The Road*）。

这是作者杰克·凯鲁业克（Jack Kerouac）的半自传性著作。此君之前没写过书，文学修养也不是特别好。总之在旅行途中，有什么记什么，并无什么特别的趣事，啰里啰唆的，到底有何种力量吸引我再读此书呢？

不单是我一个人，天下爱好旅行的人，都在重读。今年是它出版的五十周年纪念，日子，过得真快！

在二十世纪六十年代，此书影响了整个文坛，卷起一阵颓废之中又求知的风潮，创造了"垮掉的一代"（Beat Generation）。

作者的旅程，当今看来，短暂得可笑，只有一千七百二十七里长，走的都是美国的乡下，连外国都还没踏入一步呢。

五十年来，平均每年还能卖十万本，加起来是个惊人的数字。这本书将一直畅销下去，成为经典，是经过时间的考验的。

一接触到它，你就会染上"放翁癖"，从此爱上旅行，一生乐此不疲。

这本书最强烈的讯息是：放下一切，走吧！

愈年轻看这本书愈好，马上出发。其实老了也不迟，重要的是精神上的解放，而不是实际的旅行。

五十年前的作者，钱只够买汽油，开一辆破车和朋友到处流浪。当今的旅行，可以说是历史上最便宜的时候，所有物价都在高涨，只有机票愈来愈便宜。

还等些什么呢？出门吧！你目前的工作并非没有你就不行的，别把自己看得太重。

你要照顾的人，也不会因为你不在他们身边而马上死去。多看天下，多观察别人是怎么过这一生的。回来后，你会对别人更好，你会对自己更好。

如果你还犹豫，就去买这本书来看看。读原文最好，台湾人也应该翻译过，书名译成什么就忘记了。

作者杰克·凯鲁亚克在短短的三个星期内就写完了这本书。

他用一张张九寸阔的纸粘贴起来，成为十二尺长的长条，放进打字机内打出来，从来没有断过句子，连续书写。到最后，这卷纸变成了一百二十尺，中间也用笔修改过几次，终于在一九五七年，由The Viking Press出版成书。

这卷原稿在二〇〇一年拍卖，成交价两百四十三美金，买主把它拿去十一个城市展览之后，当今存于凯鲁亚克的家乡的博物馆里。

五十年后的今天，USA Today报社的记者跟着作者的路线，走了一趟。

当年凯鲁亚克从芝加哥出发，他写道："……我只想在深夜里消失，躲进一条路上，去看看我的国家的人在干些什么事……"

记者看到的沙漠上的绿洲，被小型购物中心取代，购物中心里面有张震动按摩椅子，你花五美金，就可以享受一个小时，这都是凯鲁亚克没有看过的事。

在路上的餐厅，多数是麦当劳的连锁店，还在推销新产品，但并不好吃。住的酒店，房内的电视机还是低科技的，播着免费的CNN新闻和收费的色情电影，房租也要八十五美金一晚了。

路上经过爱荷华监狱，狱墙愈搭愈高，有户人家在卖雪糕，店主说这附近反而很安全，因为有个二十四小时的电视监视着，但几年前还是有人越狱，大概受不了雪糕的引诱吧？

加油站中卖的全是保健药品，原来强壮的司机大佬也注重起健康来。一切在改变，但青山故我，记者还是被大自然感动，没有后悔地走完这次旅程。

凯鲁亚克的最后一站成为每年最大的音乐节举办地之一，所有摇滚歌手，不到这里表演一次，终生有憾。

《在路上》一书也影响了后来的嬉皮一族，年轻人对固有的生活感到枯燥，旅行去也。爱花、爱自由，与他们的后代"优皮一族"的爱安稳、爱享受，有很大的分别。

一切，又打什么紧

张敏仪约查先生和我吃饭，时间上我们都没有问题。

"十点多了，打电话给倪匡，不知道会不会太迟？"敏仪问。

"还没睡吧？"查太太说。

电话铃响，倪匡兄从梦中惊醒，敏仪拼命说"对不起"。

翌日，去接倪匡兄时，我问："你通常是几点钟上床的？下次给你电话，也不想太晚。"

"有时十二点才睡。"他说，"昨夜吃过晚餐就上床。"

"敏仪吵醒了你，你有没有生她的气？"

"生什么气呢？反正我听了电话，马上就可以再睡的。吃了就睡，睡了又醒；一切，又打什么紧？"

"那天友人要约你吃午餐，才中午十一点多，你说你已经吃过了，真的是那么早就吃吗？"

"想吃就吃，那才过瘾。一切，又打什么紧？"他又说。

真羡慕这位老人家，一无所挂，把"一切，又打什么紧"当了口头禅。

"我已经叫秘书把稿费拿了给你，收到了吗？"我问。

"啊，我才想告诉你的，收到了，那么多，太谢谢你了。"

"怎么会多呢？从前你租我这个地盘写稿，是帮了我的忙，还给我一半稿费当租金，应该说谢谢的，是我才对。现在我们一人写十五天，已不能当是租金了。"

"还是你多收一点吧。"他说，"一切，又打什么紧？"

我已不再和他争辩，照拿一半给他。

"不过，"我说，"读者有些意见，要我们在一个星期，而不是一个月分开来写。这样吧，一个星期前半由我写，后半由你写，遇到有连贯性的就多几篇，反正一人写一半就是。"

倪匡兄懒洋洋地说："你说什么就什么，一切，又打什么紧？"

人生中的每一个阶段，
我都活足了它

"人一生，只年轻一次，好好珍惜。"大家都这么讲。我听到后差点喷饭。

只年轻一次？那么人到中年，也当然只有一次啦！变为老年，难道可再？

所以，既然都只有一次，每天都应该珍惜。

人到中年，为什么要叫"初老"，或是"不惑"？什么事到了"中"都应该是最好的，中心、中央、中原、中枢、中坚、中庸等。

不过，我还是不喜欢"中年"这个名称。为什么不可以改称为"实年""熟年"或"壮年"？

怎么叫都好，我没有后悔我所经过的每一个阶段，它们都相当充实。

再过一些日子，我便要进入"老年"了。"老"字没有"中"字那么好听，老大、老粗、老辣、老化、老调、老朽、老巢、老表和老鸹，但是再难听也要经过，无可避免。

幽静的环境下，焚一炉香，沏杯浓茶，写写字、刻刻印，又有名山、佳肴的回忆陪伴……

我的头发已白，但不染。

做得勤快，做什么都会被尊重

今天收到的一封信："请你抽出你的宝贵时间，给我一个机会，让我跟你见面谈谈。数年来，我饱受事业和家庭的压力，如今已面临绝境。我非废人，可是活得比废人更不堪。一把年纪，死不足惜，只是对儿子及亲朋，我有未完之责任。找你，是因为你是一位智者，希望你可以给我一些意见，感激不尽。"

唉，比你需要帮助的人更多呀，如果你常读我的文字，就知道我是一个极不负责任的写作人，说几句什么做人要开朗、豁达的话，拍拍屁股就走，是不是行得通，谁知道呢？

我能给的意见，绝对解决不了你的问题，不如读古书吧。明人小品最可贵了，对人生的探讨，都给他们写尽了。

袁中郎写信给龚散木说："散木近作何状？人生何可一艺无成也。作诗不成，即当专精下棋，如世所称小方、小李是也。又不成，即当一意蹴鞠拍弹，如世所称查十八、郭道士等是也。凡艺到极精处，皆可成名，强如世间浮泛诗文百倍。"

信中所提的"蹴鞠"，是古代的一种运动，鞠以皮络于外，中塞有物。"挏弹"，弹奏乐器也。此信就是让人写不成文章，可以去踢足球，做体育明星，也能学音乐，当流行歌手，赚大钱去。

这绝对不是什么风凉话，凡艺到"极精"处，并非讲什么艺能，而是要专心、要勤力、要积极。我们看到一个辛勤又工作愉快的人，爱得要死，巴不得他们永远不辞职。

要活下去，什么都得做，就算倒垃圾，做得勤快，也会被尊重。我在九龙城饮早茶时就看到这些人物，每天笑嘻嘻的，怎是废人？

做生意的过程，也有无穷的乐趣

从前，认为"生意"这两个字是肮脏的字眼。

现在自己做起生意来，觉得乐趣无穷，并不逊于艺术工作。其实做生意，也在不停地创作呀。

生意越做越好，就把这两个字慢慢分析。哎呀呀，这一分析可好，原来"生意"是"生"的"意识"，多么灵活，多么巧妙！

别的地方，做生意不易；在香港，却是满地的机会，等你去拾。

不熟不做，这句话只对一半。不熟不做，不是叫你除了老本行，什么事都别去尝试。真正的意思，应该是对一样东西深切地去了解之后，才去做。

所以，要做生意的话，一定要先成为专家才行。

张君默夫妇对玉石研究极深，现在卖起古玉来，头头是道，生意兴隆。

古镇煌卖古董表和钢笔，也做得有声有色。

这种高贵玩意儿，要看本钱才行呀。你说。

也不见得，举的例子都不是以本伤人的，而且属于半路出家。

不只是高档货，另一个朋友养金鱼，养久了当然能分辨出品种，这一只打那一只，把养金鱼当乐趣，生出了一只新品种的小金鱼，也发了财。

"工"字不出头，利用余暇做做小生意，略微动动脑筋，先把它当成副业，再发展下去不迟。主要的是抓紧时机。而且生意不做白不做。我一向主张机会像一个美女，你上前去搭讪，成功率为百分之五十；你连打招呼都不敢，那只有痴痴地望着，成功率是零。

家庭主妇也可以做生意，朱牧先生的太太辣椒酱炮制功夫一流，用的是干贝丝、泰国小辣椒、虾子、大蒜、火腿等材料，如果请教她做法如何，她总是笑融融的："你喜欢吃，做一罐给你好了，何必自己动手那么麻烦？"

这种辣椒酱后来渐渐传于各个餐馆，被称为"XO辣椒酱"，现在已让李锦记商品化，销路不错。不过，朱太太也不在乎赚这些钱，她在电影监制方面下功夫，照样行得通。

方任利莎烧得一手好菜，现在谁不认识她？做个广告，钱照收。

湾仔码头创始人臧姑娘，白手起家，产品打入每一家超市。这些都是我服的人物。

做生意的过程也有无穷的乐趣，还能认识许多有性格的人：

第一，你先要注册商标，那个律师长得高大英俊，简直是做电影明星的料。

第二，商标设计，那个半商人半艺术家的家伙，脾气臭得很，但是画出来的东西使你对他又爱又恨。

第三，把设计样板拿去拍照片分色，你会发现哪一家的冲印技术最高。

第四，把分好色的菲林交给制版厂，有位固执的中年人对印刷的要求比你还高。

第五，说明画和传单，须清雅又能解释内容，不然人家拿到手即刻扔掉，写这类文章的又是个可爱的人。

第六，宣传，你会接触到报纸、杂志、电台、电视的各位做推销的美女。

第七，出路，摆在什么地方卖？遇见的人更多些，条件一直谈下去，直到双方满意为止。

第八、第九、第十，种种说不完的阶段，走一步学一步，无尽的知识和智慧在等待你去完成。

开餐厅的友人也不少，成功的多数是先有创意，做人家未做过的菜色招呼客人的这类。

不过做餐馆面临的是人手问题，大厨子不听话起来，苦头吃尽。服务员的流动性，也令人头痛。

只要亲力亲为，问题还是能一一解决的，"大佛口食坊"的陈汤美，自幼爱打鱼，理所当然地开起海鲜馆子，他能亲自下厨是信心的保证，而且他拼命把新品种的海鲜给客人吃，都是成功的因素。

当然失败的例子也不少，但是只要脚踏实地，起初小本经营，亏起本来，也无伤大雅，总比在股票上的损失来得轻呀。

外国流行跳蚤市场，把自己做的东西、家中的旧货等，统统拿出来卖。可惜香港地皮太贵，兴不起来，但也逐渐有些类似的场地出现。

星期天没事做，利用空闲，摆个地摊做小生意，和客人闲聊几句，比打麻将还要充实。

赚到了一点钱，买辆货车改装，成为流动的商店，去到哪里卖到哪里，想想都高兴。

"你自己做起生意来，就把生意说成生的意识。"友人取笑我说，"那么'商'字呢？'无奸不商'你又做什么解释？"

我懒洋洋地回答："'商'，商量也。'无奸不商'？那也要和你商量过，才奸你呀。"

噩梦醒来，怎么会不高兴

我每晚做梦。和倪匡兄聊起，他说："我也一直做梦，而且连续。"

"怎么个连续法？像电视剧？"我问。

"也不是，像半夜起身到洗手间，停了一下，但倒头就继续。"

"不是长篇？"

"你知道我是最没耐性的了，《大长今》，大家都着迷的戏剧，我也看不下去。个性使然，梦也是短的。"倪匡兄说。

"记不记得清楚？"

"记得清楚。"

"好呀。那么不必去想了，自然有题材写短篇小说呀。"

"这种例子不是没有发生过。"倪匡兄说，"但是要勤力才行，一醒来即刻记下，不然转头就忘记，你要我牺牲睡眠，不如等到我醒来再写。"

"梦有没有色彩？"

"有呀，"他问，"你呢？"

"我的也有色彩，而且是新艺综合体（CinemaScope）呢。"

"哈哈哈哈，这个大银幕的名称年轻人不懂吧？他们当今看的都是小戏院。喂，你怎么知道是新艺综合体呢？"

"我梦见我走进戏院，看了一套完整的电影，是新艺综合体放映的。"

"紧张、刺激、香艳、肉感？"他问。

"悬疑片。电影里的主角是我，杀了敌人，虽然痛快，也躲开了警方，但是一生活在噩梦当中，醒来还在做噩梦。"

"我最喜欢做噩梦了。"倪匡兄大叫。

"什么？哪有人喜欢做噩梦的？"

"我一直做梦，梦见给人追杀。醒来，原来是一场梦，怎会不高兴？哈哈哈哈。"

每天吃，每天笑，人生夫复何求

和倪匡兄到星马（指新加坡、马来西亚）去演讲，新加坡一场、吉隆坡一场、槟城一场，各地住上两天。

主办当局问说："演讲应该有个主题，你们的主题是什么？"

哈哈哈哈，倪匡兄和我连笑四声。我们演讲，从来没有什么主题，反正由听众发问，他们想听什么，就讲什么好了。自说自话，人家不觉好奇，又会有什么效果？

不过，我向主办的大员早慧说："倪匡兄喜欢吃鱼，要多准备几餐。"

"我早就知道了，"她说，"有很多鱼餐，但也有一次吃娘惹菜。"

"不必吃什么娘惹菜，还是餐餐是鱼好了。"

"但是马来西亚出名的是河鱼呀。"

"马来西亚的海鱼种类可真多，但河鱼肥起来有时比海鱼好吃，准备些大条的苏丹鱼和巴丁鱼吧，但都要野生的。"

"知道了，知道了，我还叫人找到了野生的笋壳鱼呢。"早慧不应该认识我们这些麻烦朋友。

一想起掀开河鱼肚充满的油膏，就要抽纸巾擦嘴，倪匡兄一定也会高兴。

本来是从槟城直飞返港的，但时间不对，早慧安排了我们去完吉隆坡一天之后，飞去槟城，从那里陆路乘车一站站折返吉隆坡，再住一晚，然后从吉隆坡回香港。这也好，路边可吃的东西还真多呢。

我把修改过的行程告诉倪匡兄，他耸耸肩："无所谓，你说什么就什么，我负责的，只是去吃吃喝喝。"

再打了一个电话给我弟弟蔡萱："请你准备一根拐杖，爸爸用过的，选一根就可以。"

"要拐杖干什么？"他问。

"拐杖带上飞机很麻烦，只好在当地买，下机后即用，放进行李中带回香港。和倪匡兄旅行，每到一处都买一根，希望今后他的客厅摆满拐杖。"

和他旅行，真是一乐，每天吃，每天笑，人生夫复何求？

快乐教教主

和梁玳宁及倪匡兄一起吃饭，是数十年前的事。当年她办一本饮食杂志，来邀我们两人的稿，被她请客。

近年来，梁玳宁一直宣扬健康的重要性，拼命介绍食品、药物和医生给读者，造福人群，我对她十分敬佩。

但是健康的重要，和"阿妈是女人"一样，理所当然；倪匡兄和我强调快乐，做人一快乐，什么病都少了。

梁玳宁很欣赏倪匡兄的豁达，封他为快乐教教主，问道："但是要快乐，没那么容易吧？"

"是没那么容易。"倪匡兄说，"但尽量不做不快乐的事，就不难。做人不快乐，于事无补。如果悲哀能解决痛苦，我就要扮忧郁。"

昨夜，查先生宴客，庆祝许鞍华得导演奖，众人提到《明报》五十周年庆典的事，少了查先生出席，今天的《明报》，已非我们心目中的《明报》。

值得一提的是倪匡兄在《明报》创刊那天结婚，也有五十年了，他说："人类在天寒地冻的环境下可以生存，但是，说什么，也比不上对婚姻制度的容忍。能结婚五十年而安然无事，其他的，都没什么大不了了。哈哈哈哈。"

"理曲气壮。"倪太说。

倪匡兄又笑："只有听人家说理直气壮，没有听过理曲气壮。"

席上，他又讲了最近发生的一件事，一次饭局，倪匡兄忽然流起鼻血，而且流得很多，周围的人都吓死了，这位老兄说："一孔罢了，不要紧；七孔流血，才厉害。"

想起梁玳宁说我也是快乐教信徒，和倪匡一比，我哪及格？他已不必为生活奔波，我这个还想赚钱的人，固然有烦恼，参加不了快乐教。

我喜欢看别人吃东西，多过自己吃东西

其实，我喜欢看别人吃东西，多过自己吃东西。

什么都吃，吃得津津有味的相貌，是多么赏心悦目。

最怕遇到对食物一点兴趣也没有的人，这种人多数言语枯燥，最好敬而远之，不然全身精力都会被他们吸光。

人各有选择，我对素食者并不反感，并且尊重他们的权利，你吃你的斋，我吃我的荤，互不侵犯。

讨厌的是吃斋的人喜欢说教，认为吃有机种植的蔬菜才是上等人，吞脂肪的人像患麻风，非进地狱不可，永不超生。

素食者人数一多，对肉食者群起而攻之，凡肉类，都是一切疾病的开始。我没有不舒服，却一定要说到你去看医生。

素食者人数一少，便眼巴巴地坐在一旁，看别人大鱼大肉，自己做委屈状：啊！我这个可怜的人，什么东西都没的吃！啊！可怜呀！好可怜呀！

已经专为这种人叫了一碟什么罗汉斋之类的菜。一上桌，试了一口。咦！怎么这么难吃？从此停筷，继续做他们的委屈状。

当然，又不是素菜馆，大师傅烧不惯，能烧得像个样子已经算好的了。不吃白不吃！算了！

吃素没什么不好，但是强迫儿女也一起吃斋，就是罪过。这些人的儿女长大后，和他们的面孔长得一模一样，面黄肌瘦，可憎。

有一位朋友，不但不吃肉，连蔬菜也不碰，一味喝酒。她一坐下来就向各位声明，不太吃东西，主人不相信，拼命夹菜给她，她只是笑笑，也不拒绝，但说不碰就不碰，反正我早已告诉过你，你不能说我浪费。这种人，什么都不吃，也可爱。

我的宗旨，总是敬老

我的宗旨，总是敬老。

自己想抽烟，但是在座有年纪比我们大的人不喜欢烟的味道，那怎么办？

起初，我也觉得是相当难忍的。改变想法，即刻解决。

把自己带进一个禁烟的地方好了，像在纽约的Nobu餐厅吃饭，总不能抽烟吧？到门外去，那也有几个伙伴陪你抽。

想通后，烟瘾一来，我就往外跑，一点也不觉麻烦或辛苦，虽然有时外面下雪。

日本是一个抽烟最自由的地方，烟草事业由政府的专卖公社经营。

但是，日本最爱跟流行，尤其是让美国人牵着鼻子走，国家不禁烟，但地方政府可以下令不准吸烟。像东京都知事石原慎太郎，禁止在银座等几个区域抽，他们做什么都想领先一步，美国禁烟是室内的，日本人现在在街上也不许人家抽一根烟。

这次住帝国酒店，到附近的书店文具店走走，天气冷，有根烟多好！我从袋子里拿出一根烟斗吸，忽然，迎面来了一个警察，看我，表情有点古怪，到底要抓我好还是不抓我好？禁的只是香烟嘛。

近来爱上雪茄，晚饭后在家赶稿，先抽一根Cohiba（雪茄品牌），是好友杨先生送的。早上在办公室，开工之前又来一根，大乐。

当今的办公室也有很多禁烟的，为五斗米都可以折腰了，区区个把小时的放弃抽烟，又算什么？

但我已到了生意做不做都不要紧的时候，很少出门。你要找我？行呀，来我的办公室好了，不仅香烟可抽，雪茄烟斗都不拘。

年轻人已大多数不抽香烟了，很好。

和他们一起吃饭，我也不抽，因为他们很稳重，感觉上比我还大，我敬老。

蔡澜提菜篮

二〇〇八年年底，来了个无线电话："有个扬威海外蜚声国际的颁奖典礼，要你出席。"

到底什么事？去了才知道是为了拿二〇〇八纽约电影电视节发出的旅游美食节目优异奖。阿猫阿狗的什么非洲刚果节的奖得了都高兴，别说纽约的，对手一定强劲，得奖是开心事。

凭什么呢？自忖是节目做得轻轻松松吧。一有心理负担，面孔严肃，说什么也做不好。最大卖点可能是最后一段，要厨师为我做他们心目中最完美的一个蛋。

这是从前拍《蔡澜叹世界》时得到的灵感。当年到了里昂，找到了最早得到米其林三颗星的保罗·博古斯。他对我说："很久没亲自下厨，你既然老远来到，要我烧什么菜，就烧给你看。"

我从裤袋中掏出一个蛋，他看了抓抓头，但也做！后来做这个新节目时，我都要求各地名厨以最平凡的一个鸡蛋煮出各种花样来，成为最后一个环节。

这档节目在几乎没有宣传的状态下推出了，收视率平均也近三十点，我的功课算是交足。在合作方深圳卫视台的普通话节目中，也是全年收视率最高的一个。我比较喜欢普通话版的名字，叫《蔡澜提菜篮》。

可喜的是能在世界各地播出，我在巴黎的乔治五世酒店中也看过这个节目。既然做了，当然希望观众愈多愈好。

旅游美食节目并不容易做得好，多数要餐厅赞助，来个免费餐，吃到不好的，也只能叫："噢，很得意。"好在无线资金雄厚，我不必受约束，尝到难咽的，还能在镜头前皱眉头。

得奖后记者问我做主持的心得，我送上一首平仄不对的打油诗："镜头一出现，不必照稿念；资料收集好，切记随机变。"

第二章

看开点吧

一生活就有感受了

1

我们的旅游美食节目，已近尾声，经过前后三个月的拍摄，终于来到匈牙利和葡萄牙。

去欧洲的多是夜间航班，这回的布达佩斯也不例外，深夜十一点多钟起飞，乘瑞士航空公司的飞机，先到苏黎世转机。匈牙利和中国香港之间，至今还没直航。

空中小姐派了一张问卷给我，要我填写。常遇到这种事，虽没有稿费，也不好拒绝，从一到十的评分的问题，由你选择，像你觉得服务如何，机内食物又如何等，我都给了五分。

瑞士人做事，有如他们制造的器具，不是特别炫目，但十分耐用，名誉由可靠得来，一直保持相同的水准。

吃得还不错，晚餐过后，我很幸运地能够呼呼入睡。睁开眼睛时，一看表，还有四个小时才抵达，就起身看电影。

近年来传记片大行其道，多为美国作品。有一部由欧洲推出的，是法国制作的描写歌手伊迪丝·琵雅芙（Edith Piaf）一生的电影，导演手法、摄影、演技和故事都是一流，拍得非常精彩，非一口气看完不可。

Edith Piaf一生唱了不少名曲，我们也许唱过她的《玫瑰人生》，但最令人感动的是她生涯最后一个阶段唱的《我没有后悔》。

女主角从年轻到老，天下没有多少个与她一样演得那么惟妙惟肖的了，问鼎各种奖项是绝对没有问题的。但香港人对法国小调并不熟悉，看这类电影也许感到枯燥，上映是遥遥无期吧。

看完戏后吃一点面包和鸡蛋，我的小皮包中除了睡衣之外，还有一两个杯面，但觉得还没吃厌西餐，不必出动。登机后即刻把时间校到目的地的，尽量不看香港是几点，一大早飞机着陆瑞士，在那里很迅速地转机，抵达布达佩斯。瑞士人做事是那么准确，不早到，也不迟到，虽有时差，但感觉上是睡了一觉，翌日是新的一天。

2

很好彩（粤语，指幸运）地，布达佩斯还没有发展一个新机场的计划，其他大城市的机场一乘车就要一个多小时，从这里来到市中心只要三十分钟。

先了解最基本的地理环境，有山的那边叫布达，平地的叫佩斯，而连接这两地的是一座古老的铁吊桥，中间流的是多瑙河。

我们入住的四季酒店就在桥边，地点最为优秀。从窗口望出，名副其实是个有风景的房间（Room with a view）。

这座古老的大厦原名叫格雷沙姆（Gresham Palace），但不是皇帝住的，是英国格雷沙姆保险公司的旧址，建于一九〇六年，到目前（二〇〇七年）才一百零一年，不算是悠久的历史。

当时的法律禁止保险公司做有风险的投资，格雷沙姆为了表现自己的实力，就选了最贵的地皮、最高级的材料、最有权威的艺术家来装饰这间办公室兼公寓，由住客的稳定租金作为固定的收入，所以要多奢侈有多奢侈了，不惜工本地来取得顾客的信任。

格雷沙姆宫在大战时差点被摧毁，又经过后来穷困的年代，格雷沙姆宫沉寂一时，政权移交国民之后，终于在二〇〇四年花了一亿多美金，把整个建筑物一砖一瓦地重现，成为当今的四季酒店。

一走进大堂就被那种浪费空间的气派感染，高得不得了的楼顶，用玻璃遮盖，让阳光射入。楼上的大理石，地面的小砖，让我们觉得比入住皇宫更为豪华。

房间是宽敞的，又有很高的天花板，绝对不是老建筑那么阴阴暗暗，这里是光猛（粤语，指亮堂堂）的、舒服的，当然又配着处处不着眼的各种现代化的电器设备。

在大浴缸中泡了一个热水澡，换上新衣，已要开始工作了。

好友安东莫纳在大堂等我，这次他专程从巴黎飞来与我们会合。他是匈牙利人，在巴黎出了名，像是衣锦荣归，当地人都当他是个大人物，由大人物带路，当然得到大人物的待遇，还没出发，已知道有一个好的开始。

3

第一站先到古城，去一家百年老店Alabardos餐厅。东西不错，叫满了一桌菜，但是经过长途飞行，胃口还是不能打开，只是胡乱地吃一顿算了，没留下什么深刻的印象。

趁大家还在进餐，我一个人溜出来到附近的古董店走走，倒给我发现了不少有趣的烟灰盅，价钱还好，匈牙利不像西欧诸国那么贵。

俯视着整个布达佩斯，第一次来的工作人员都感叹很少有机会到那么漂亮的都市，我说布达佩斯晚上更美，大家不太相信。

我第一次来这个城市时是走陆路的，由奥地利登上那条笔直的公路，几小时后抵达时已是晚上，所见的宏伟建筑，令我哇哇叫出声，原来东欧的城市，竟有一个那么好看的，当时我也不太相信自己的眼睛。

拍完一些杂景后，安东安排了一辆马车，由一位他最喜欢的女马车夫带我们在古老的城市走了一圈。

忽然，他看到了一家酒店St.George Residence，是几个月前才开的，店主藏了很多安东的画，就走进去看看，这不是预先安排，是个惊喜。

把古老建筑装修成餐厅和公寓，很有品位，让客人长期住上十天半月，里面有厨房。下次来古城，可以好好地来这里住几天。

经过安排的是一所宽大的住宅，那两个女的已经笑嘻嘻站在门口欢迎我们，原来是我二十五年前到访时，安东介绍给我的两个少女，她们当然也垂垂老矣，但风韵犹存，当今开了家很有规模的时装模特公司，生活得很好，能在古城中买到一所房子，已是一个很大的成就。

不断地唏嘘并不是我的个性，向她们告别，再上马车，到下一站去。这时已经开始感到肚子饿了，安东带大家到了Gundel，是一家全城最高级的餐厅，吃尽匈牙利名菜，气氛和味道好得不得了，你要是到布达佩斯，千万不可错过。

4

在Gundel餐厅，我们可以吃到鹅肝酱的四种不同的煮法。

鹅肝，在后面的十多家餐厅都出现。匈牙利人大量生产，已有过剩之势，美国禁止法国鹅肝，说那种强压的饲养不人道，但对用同样方法的匈牙利，则不置可否，实在有双重标准之嫌。目前，连收入低的法国人，也吃起匈牙利鹅肝来。这个市场，也许今后会被后起之秀的内地抢去，但当今还是匈牙利称霸。

至于味道方面，你必须尝试过多种不同的，才能分辨出法国佩里戈尔地区的鹅肝，是天下最好吃的。一般人绝对不懂得高低，只知道很贵。先贪婪地吃一大块，就大声呼佳，和吞鲍鱼一样，暴发户心态十足。

不过，第一次试，也不能节省地去吃次货，劣质的鹅肝酱，有一种尸体腐烂的味道，闻之骇人，以后不敢再尝，便失去了一个美好的味觉世界。

鹅肝的味道与做法也大有关系，通常是将它煎了一煎就上桌，高级鹅肝浸在鹅油里面，就那么煎没有问题。次等的真空包装，取出之后以植物油煎之，一过火，就很粗糙了。

因为鹅肝是愈肥愈好，所以要用甜的食材来中和。下大量士多啤梨（即草莓）果酱煎炒，也是种吃法。冷食亦行，放鱼胶粉把甜酒结成冻，再切成小方块铺在鹅肝上面。

最豪华的吃法，当然是慕扎医生教的：用一个饼皮，周围贴上鹅肝片，炒高级蘑菇垫底，再用果酱煎鹅肝放在蘑菇上面。最高一层，则以黑松露菌铺之。盖上饼皮，拿去焗炉焗它一焗，上桌切块食之。

配以白酒也行，但老饕们喜欢以法国苏丹甜酒佐之，高胆固醇加上高糖分，虽不健康，但美味之至。

匈牙利鹅肝因当地工资低廉而其价格较法国便宜，匈牙利人酿造的甜酒也不贵，Tokaj区，也是我们下一站的目的地。

5

Tokaj念为托卡伊，是一个产酒区，离布达佩斯三个小时的车程。

这个地区的葡萄酿出来的甜酒，也通称为托卡伊了，像法国的苏丹区产的甜酒一样。它们酿制的方法也相同：葡萄本身已经属于最甜的一种，还要等它成熟透了，在树上晒成干，然后用人工一粒粒摘下，花的工夫要比一般餐酒多出数倍来。

用这糖分最高的葡萄酿出来的，是一种香浓无比的酒，通常一棵葡萄树只能制造一小杯，价钱当然极为昂贵。

有了安东的关系，我们被招待到当地最好的酒庄去，品尝年份不同的佳酿，参观地窖中的藏酒。只可惜当时是夏天，葡萄未成熟，否则把这种天下最甜的果实用手摘来吃，用广东人的话来说，发达了！但要等十月底才收成，下次有机会秋末再来吧。园主用一个玻璃吸管，从橡木桶中抽出一壶来，倒入杯中让我试。这个阶段的红白餐酒都是酸得要命，但是托卡伊新鲜得像果汁，美味无比。一般要吐出来，但给我咕的一声吞入肚中。

酒精浓度有十几二十度，喝多了也醉人，我们找到一个小丘上的亭子，在阳光普照之下，继续试酒。

喝二〇〇三年的，色泽较淡，和一般白酒差不多，味道还是带一丁点的酸。二〇〇〇年是葡萄最好的年份之一，酿出来的法国甜酒得到一百分，托卡伊地区的，也至少有九十七八分。最后一瓶开的是一九九三年的，色泽已经像蜜糖了，塞子一拔开香味扑鼻，是我试过的酒之中最好之一。

最后，再开一杯精酒，为世界上糖度最高的，女士们喝了都大叫醉了，醉了，但园主说糖度高到不能塞纳酒精，已不是酒了。原来，感觉是能醉人的。

饭后再到托卡伊小镇上一游，这里只有五千人口，比法国小镇朴实得多，开满了鲜花。气氛，也同样能够醉人。

6

晚上，我们和安东去了一家他最喜欢的餐厅，叫"祖母与南施"（Nancsi Neni），吃的是最地道的匈牙利菜。

像马赛的布耶佩斯海鲜汤那么闻名，来到匈牙利，非试他们最具代表性的顾拉殊（Goulash）汤不可，这是一道用牛肉和大量蔬菜熬出来的浓汤，只有在当地，又在最好的餐厅吃，才对得起自己。那种美味令我觉得，单单为了这道汤来匈牙利一趟，也值回票价。

其他菜也精彩，我们在匈牙利享受到的服务是：第一，菜上得快；第二，绝对没有法国餐厅的那种傲慢。

当晚安东介绍了他的朋友乔治给我认识。乔治开钱庄，资金雄厚，一辈子除了收藏名画之外，就最爱吃了，他说他将开一家餐厅，就在菜市场旁边，把所有的匈牙利古早菜都重现，听得我流口水，可惜这次吃不到，期待下个月带旅行团来的时候再去试试。

饭后我们去了乔治的家，家里挂着多幅安东的作品，通常我们拍旅游节目，很少有机会到当地人家里做客。到了模特的住宅，又去乔治那里，再下来还可以到安东的老家，了解匈牙利人的生活，是件好事。

乔治的女儿才十六岁，长得亭亭玉立，是个业余的模特。

"你舍得吗？模特生活很辛苦的呀。"杨峥问乔治。

他也够坦白，向杨峥说："好过做其他行业。"

已经疲惫不堪了，回到酒店泡了一个热水浴，望着那张大床，好像一块大云朵，四季酒店以床铺闻名，我躺了下去，一秒钟也不到，已睡得不省人事。如果能够熟睡，两三个小时已经足够，清晨五点多钟，天已亮。

是写稿的时候了，但头脑并不清醒，即刻耍些太极拳。近来向袁绍良老师学了几招，的确管用，虽然连花拳绣腿的地步也达不到，但是作为撰写前的热身运动，一流。

7

"我们去Szazeves！"安东说。

名字好熟，我问："什么样的餐厅？"

"二十五年前，我们一起去的那家呀！"

想起来了，典型的东欧餐厅，吉卜赛人狂奏音乐，波希米亚气氛十足，食物地道。像二十五年前一样，我一坐下就把五种不同的烈酒都干掉了。

"口渴死了，来点啤酒吧？"安东建议。

"啤酒好喝，但是一直要上洗手间，掺了烈酒才行。"说完我示范给众人看：拇指和食指提起大啤酒杯，中指和无名指夹着烈酒的小玻璃杯，小指顶住玻璃杯底。将烈酒举到啤酒杯缘上，慢慢注下，口顶着啤酒杯，一口口喝下。这么一来，酒精浓度高了，就可以不必因为喝太多啤酒而要去撒尿了。

安东看得大乐，学习了几次，成功。酒一杯又一杯，已不记得吃了些什么，只知道有大量的鹅肝、大量的肉和大量的酸菜。

第二天，我们去安东的老家，还记得很清楚，是一所两层楼的住宅。父母亲住楼下，安东年轻当然夜归，为了不扰到老人家，自己一手一脚地搭了一座楼梯，从屋外直上二楼的卧室。

当年他父母特地为我举行了一个派对，亲戚朋友大吃大喝，屋内烧着火炉，外面下着雪。饭后大家一起走进花园，在地上践踏，谁发现雪中藏的酒，这瓶酒就是他的了。火炉依旧，安东的父母垂垂老矣，看到我紧紧拥抱："谢谢你，照顾我们的儿子。"

中国人的感情较为含蓄，不直接表现。西方人想到什么做什么，我较为欣赏，也不客气地说："你们当我是儿子，我当安东是兄弟，当然互相照顾了。"

8

"应该拍点布达佩斯的名胜。"工作人员建议，"别老是吃、吃、吃。"

我并不反对，虽然我们拍的是饮食节目，有点风景来点缀，也是好事。不过我自己旅游的话，就最讨厌看名胜。

古迹在明信片上出现，报纸、杂志、电影拍了又拍，已耳濡目染。是喷射机年代了，大家再也不是一群不出门的人，即使活在穷乡僻壤，名胜也会不断地在电视荧幕中播完又播，不再稀奇。

看旅游节目的观众也许感兴趣，但欣赏吃吃喝喝的人，长城和金字塔都与他们无关，他们只想知道下一餐吃些什么。最典型的一个例子，是我带了一群老饕到日本，和大家去了一个乡下，我指着说："这是徐福带了三千童男童女登陆的地方。"

大家看了一眼，回头问我："蔡先生，附近有没有超市？"

不过，名胜是可以生活的，一生活就有感受了。

什么叫在名胜上生活？不是走马观花，用傻瓜相机拍几张算数。生活是细微观察，知道些历史背景或小故事来说给伴侣听。但也不必详细到某年某日，一大长篇的往事。有强烈的求知欲的话，尽管可以研究，到大学修史学去。

我们先到古城去，从皇宫的前院俯视下来，有山的那边叫布达，平原的叫佩斯，中间流多瑙河，河上有一小岛，叫玛格丽特岛。玛格丽特岛充满绿茵和大树，我从来都没看过树干那么粗的法国梧桐，树龄至少数百年。

生活，就是要用手摸摸这棵树。生活，就是要铺一块布，坐在草地上面野餐。

野餐完后，我们在连接布达和佩斯的桥上散步，桥上有石狮，建筑师塑了狮子后忘记雕它的舌头，因此自杀。把典故融入，就是在名胜中生活，这样拍了才好看。

9

布达佩斯的名胜无数，从山顶俯视皇宫最为好看，这个古城也值得一游。

工作人员安排我去Citadella，这是另一处高峰的景点，有座巨大的雕像，是一个女人举着棕榈叶，象征和平。这是二战时打败了德国人后建的，本来特别有意思，但德国人走了，苏联人又来了，自由之神已失去意义。而且，从山上看整个城市，和在古城差不多，也就不去拍了。

其实犹太人对匈牙利的贡献颇大，他们掌握了整个国家的经济，不过每次大战，都遭屠杀，他们建的中央教堂Central Synagogue也被摧毁，这座美丽的古老建筑物目前还是矗立于市内，要托一个好莱坞演员的福。

托尼·柯蒂斯（Tony Curtis）出钱出力，把教堂重建，很少人知道他是匈牙利籍，他也隐瞒了自己犹太人的身份，才能在好莱坞立足。

我把这段往事告诉给工作人员，他们问：谁是托尼·柯蒂斯？

结果，我也决定不把教堂拍进去了。

也许我们对匈牙利的画家、建筑师或历史人物都不太熟悉，但是爱电影的人总会记得逃避德军的那几个电影人。

Bela Blasko到了好莱坞，是第一个把吸血鬼演活的明星，改名为Bela Lugosi（贝拉·卢戈西）。

Laszlo Lowenstein改名为Peter Lorre（彼得·洛），演反派出名。

Sandor Laszlo Kellner，他后来去英国建立了自己的电影王国，而且封爵，成为Alexander Korda（亚历山大·科达）。

迈克尔·柯蒂兹（Michael Curtiz）是一个工作狂，到了好莱坞，在制片厂制度下，拍了一百多部电影，他从来没学好过英文，只知道拼命拍戏和追女人，作品有《胜利之歌》（*Yankee Doodle Dandy*）、《硬汉歌王》（*King Creole*）和《银色圣诞》（*White Christmas*）等，如果你都没听过的话，可不要错过他的《卡萨布兰卡》（*Casablanca*），这部作品已被公认为在艺术或商业上都是最经典的。

10

谈起匈牙利的电影，不能罢休。

当中最脍炙人口的是一部叫《忧郁的星期天》（即《布达佩斯之恋》）（*Gloomy Sunday*）的，香港上映翻译成什么名字，我已经忘记。

《忧郁的星期天》是围绕同名主题曲而编成剧本的，在第二次世界大战之前，经济萧条的时候，人民被纳粹党迫害，活在恐怖的生活之中，有一个叫Rezso Seress的，写下这首曲子。

如果没有Laszlo Javor的词句，也许这首歌不会那么流行，他第一次接受访问时说："星期天总教人失望，我们总是期待星期天，但是在那一天，面包烤焦了，或许看了一部坏电影，星期天总让人沮丧……"

歌词感染着悲愤和无奈的匈牙利人民，唱片即刻畅销，听后自杀的人，总在遗书上提到这首歌，其中有不少男女，都是跳进多瑙河的，这首歌成为"自杀之歌"。

真的那么厉害吗？我们姑且信之。但是到了布达佩斯，不去电影中那家餐厅怎么行？

"是在哪里？叫什么名字？"我一直询问。没看过电影的人抓抓头，看过的也说不出。

直到安东介绍了他的好友茨瓦克（Zwack）先生给我认识，才找出真相。茨瓦克产的药酒Unicum已是匈牙利文化，很多游客都买去当纪念品。

茨瓦克先生说："那是一场布景，在片场搭出来，这部电影我有份投资，错不了。"

"但是，影评人不当它是艺术片。"我说。

"他们懂得什么？"茨瓦克笑道，"如果有很多人喜欢，就是艺术了。"

真是一棒打醒。如果你还想知道多一点关于这首歌的事，可到作曲家常到的咖啡店Kispipa Vendeglo，地址：Vll Akacfa Utca 38，电话：142-2587。另一间咖啡店Kulacs，替作曲家立了一块石碑，地址：Vll Osvath Utca 11，电话：322-3611。

11

除了吃东西、看名胜之外，我们还去泡温泉。最初，我的知识不足，以为有火山的地方才有温泉，匈牙利的大概是以矿泉水煲热的吧？后来才知道其泉眼靠近地球中心，喷出的水温度高达一百多华氏度。

由罗马带来的洗浴文化，经土耳其人发扬光大，又成为现代人最流行的玩意儿，布达佩斯一共有一百二十多个温泉泉眼，处处可以看到写着SPA的标志。

最大的一个温泉叫Szechenyi，就在市中心，外围黄色，雄伟得像一座皇宫，花园中的温泉，大得像奥运会用的游泳池，男女老幼都穿着泳衣嬉水。

陪我去参观的女子叫宝石，匈牙利人取一个中国名字，汉语讲得顶呱呱，在北京念了六年书，她问："一块儿泡？"

"不了。"我摸头，"我泡温泉，习惯不穿衣服的。"

"不穿衣服？怎么可以？"她惊异地叫了出来。东欧人，到底比北欧人保守，如果丹麦、芬兰有温泉，大家早就脱得光光去泡了。

匈牙利温泉通常分几个池子，低温的可以长时间泡，看到有些老者还在池浅处下棋呢，虽没池中喝酒那么风流，但也显闲逸。

"要去温泉的话，去最好的，在Gellert酒店里。"安东的好友茨瓦克先生说。

"临时去怎么会得到准许？"我问。

"包在我身上。"他说，即刻帮我们打电话，安排好一切，在匈牙利，他最吃得开。

Gellert酒店是座巨大的石雕古建筑，已成为地标。酒店虽已失修，但旁边的温泉浴室，古色古香，是件艺术品。我问："为什么没人买下来？整顿一下，又有好温泉，一定会吸引高级游客。"

茨瓦克先生笑道："这家酒店属于一个九流机构，你想要的话，也要连他们其他一百家九流的旅馆一齐买，谁肯呢？"

12

十天的布达佩斯旅行，很快过去。明天，我们就要到葡萄牙去了。在一个城市能住上那么久，是件幸福的事，总比两三天的走马观花好得多。

也去过一些小镇，到一家叫"火龙"的餐厅，大厨拿手的是烟熏鹅肝，鹅肝的花样这几天试得多，却没吃过这种做法。

师傅拿出一个铁盒，比我们在酒楼打麻将时看到的铁盒大两倍左右，里面有个架子，放木屑进去，就能熏东西了，简单得很。

"这是匈牙利厨具吗？"我问。

"不。"师傅说，"我在芬兰看到的，很管用，就带了一个上飞机。"

鹅肝用高汤煮熟，熏个三分钟，拿进冰箱冷冻，再切片上桌，味道独特，又没那么油腻，是可口的。

"去芬兰是旅行吗？"我问。

师傅说："有个客人来我这里吃东西，觉得味道好，问我有没有兴趣去他们的餐厅表演，我说你寄两张机票来，就即刻上路。"

"下次请你来香港？"

他点头："做厨师的，一定要和别人交流才行。"

除了拍摄名店，工作人员也要选餐厅来自己吃饭，有时会有意外惊喜，像我们到过一家不起眼的店，看到餐牌上有道骨髓汤，即刻点来试。

一个大盘子之中，摆了粗壮的牛腿骨，外面用纸包住，方便客人拿起来，另有一支铁叉，如果骨髓搞不出时可以通它一通。

我从来没有吃过这道菜，长长的牛骨之中流出很多骨髓，非常肥美，比吃意大利的Osso Buco过瘾得多了。

那么多的骨头熬出来的汤，当然好喝，再来点面包，已是完美的一餐。

归程大家买了些手信，物有所值的当然是鹅肝罐头，只卖法国的十分之一的价钱。

Tokaj甜酒，普通的便宜得令人发笑，年份最老也不过是一千多块港币罢了，在法国绝对买不到。

被背叛也管不了，看开点吧

我在九龙城遇到一个人。

"我每天看你的专栏。"他说。

"谢谢捧场。"这是我一贯的回答。

"我有一个要求。"他说。

"讲讲看。"

"我有一个儿子在新加坡，我想去新加坡找事做，你可不可以介绍我一份工作？"

"什么工作？"我问。

"什么都好。我看到林振强写你曾经说过在新加坡有什么事可以找你。"他说。

"你有什么专长？"我问。

这个人想了老半天想不出。

"你以前做过什么？"我又问。

"做过旅馆经理。"他终于想到。

"买一份新加坡报纸，找这一行的征聘广告，打电话去问。"

"我这个年纪，没人会要。"他说。

看样子，他最多也不过是五十。

"你说试过了，成功的概率是百分之五十，不试等于零。所以我试试看你能不能向你的朋友推荐我。"

"对不起，做不到。"我回答后，因为赶时间，走了。是的，我的确说过尝试才有成功的机会，但是在他的例子，要尝试的是联络应征，不是向我求救。

我对林振强伸出援手，是因为他是一个才华横溢的人，虽然初次见面，但他以往的成绩有目共睹。

这个人的背景我一点资料都没有，怎么推荐？人品不好的话，不是害死对方吗？从前我不会这么想，可是发生过的坏例子太多了。我帮助过的人，感谢也不说一句，这不打紧，还时常在背后插我一刀。现在老了，比较谨慎而已。

说是这么说，但是先相信人的个性，我想这辈子还是改不了的，今后被背叛的情形还是会继续发生，也管不了，反正次数只有减少，不会增多，看开点吧。

人生，看你如何选择和被命运安排罢了

从年轻开始，一直喜欢看讣闻，这也不是一件多么奇怪的事。

名人去世，有大篇幅的图文并茂的报道，非我所喜；我爱看的，是一些籍籍无名的人，过着怎么样的一生。

记得抓到侯赛因那一天，大家争着读详情，我却在讣闻栏中注意到一位叫Frank Schubert的走了。他不是音乐家的后代，只是美国最后的一个守灯塔的人。

他去世时八十八岁，守灯塔，守了六十六年。守灯塔是多么浪漫的一件工作！所有诗歌小说戏剧都赞颂，但没有多少人肯做。

枯燥吗？不见得，他守的是纽约的灯塔，见证所有最大型的邮轮出入这个港口。在一九七三年，一艘货轮和油船于浓雾中相撞，也是由他看到了报海警，结果十个船员死亡，六个失踪，救起了六十三个人。

在我们的印象之中，所有的美国老人都是挺着一个巨大的啤酒肚，但在讣闻中读到，他是一个又瘦又高、谈吐斯文的人。

他当然有教养，他在孤寂中读了无数的书。其他爱好也不过是钓钓鱼，从来没有放过一天的假，他说："我不要退休，我太爱海了，我太爱我的工作。"

爱海的人，可以当船员、渔夫，但这些工作都是动的；看海的静，有什么好过当守灯塔的人呢？

灯塔由燃油到用电，一切自动化，但那灯泡坏了还需要人来换。不过当今有人造卫星导航，灯塔只能当明信片的背景。

站在舞台上，被千万的灯光照耀，和死守着一盏灯，都同样要过。人生，看你如何选择和被命运安排罢了。

他说过："我每天看灿烂的黎明和日落，背后还有无数的曼哈顿灯火，一生何求！"

人生要学的，太多

享受姜花的香味，已到尾声，秋天一到，它就消失了。

我对姜花的迷恋，从抵达香港的那一刻开始。那阵令人陶醉的味道，是我们这些南洋的孩子没有闻过的。

这里的人身在福中不知福，一年四季有花朵和食物的变化，人生多姿多彩，哪像热带从头到尾都是同一温度，那么单调。

姜花总是一卡车一卡车运来，停在街边，就那么贩卖。扎成一束束，每束十枝，连茎带叶，甚为壮观。

一般空运来的花，都尽量减低重量，剪得极短，姜花则留下一根很长的茎，长度有如向日葵的，插入又深又大的玻璃花瓶中，很有气派，绝非玫瑰能比。

花贩很细心地在花茎的尾部东南西北贯穿地割了两刀，这么一来，吸水较易。

花呈子弹形，尖尖长长，在未开的时候。

下面有个花萼，绿叶左右捆着，有如少女的辫子。一个花托之中，大概有六到九朵尖花，这时一点都不香。

插了一两个晚上，尖形的花打开，有四片很薄的白花瓣，其中一瓣争不过兄弟姐妹，萎缩成细细的一条，不仔细看是觉察不到的。

花瓣中间有花心，带着黄色的花粉，整朵花发出微弱的香味，但是那么多朵一起开着，整间房子都给它们的芬芳熏满了。

在把茎削开时，花贩也会把花托中间那一朵拔掉，他们说这么一来其他的花才会开得快，不知道是什么道理，总之是祖先传下来的智慧，错不了。有时，买了一束插上，花开得很慢，像我这次只在澳门过一个晚上，早上买的，如果当晚不开，就白费工夫。花贩教我，拿回去后浸一浸水，就能即开。照做，果然如此，又上了一课。人生要学的，太多。

有个好榜样，脚踏实地地做人

本来在九龙城侯王道上的"张贵记"，一家数口经营，老父无心做，就将它解散了。主掌此店的大家姐，数月前在街市内开了一个小档口，继续卖花卖菜，起名为"明园"。

一般菜摊，连名字招牌都没有，而"明园"的招牌上还有一个LOGO，画着一个蹲着种花的农夫，背景是一个太阳，代表日出而作。街市左边那个门口也摆了些小植物，指示客人到6279-281档购买，非常专业。

什么人设计的呢？原来是大家姐的女儿。她从香港中文大学音乐系毕业，每天早上来这里，哼着粤曲小调，每次见到她都是开开心心的。

"大学生，不怕人家笑你卖菜？"我从她小看到大，放肆一点也不要紧。

"帮妈妈做事，光明正大。"她笑着说。有时，也看到一两个年轻小伙当她的助理，多是学校同学和对音乐有共同爱好的人。

各种新鲜的蔬菜上，插着小牌子，用中、英、菲律宾三种文字标明菜名，像龙须菜叫Talbos Ng Sayote，而辣椒菜则是Talbos Ng Siu。从文字推测，Talbos应该是苗或小菜的意思，Ng则当然是英文的of了，Sayote是豆，Siu是辣椒。

"哪里学来的？"我问。

"她们来买菜时问的。"她回答。

通菜写的是HONG KONG，这是马来话，我也懂，马来语和印尼语相似，印尼家政助理看得也亲切，而菲律宾人也叫通菜为HONG KONG。

"明园"在沙田小沥源花心坑大种花木，做批发生意，又替住家花园和学校做园艺工程，大家姐每天到九龙城街市，最重要的是打发时间，她几个妹妹也在这里开其他档口，家人可以相聚，饮饮茶。

这一辈的人，儿女都知父母之辛勤，有个好榜样，脚踏实地地做人，摊档一忙，需要人手，都来了。办完了事，轻轻松松，玩电动游戏机，唱喜欢的流行歌，看见了打从心中喜欢。

太花心了，变成了没有个性

很多旅游点的资源，政府都不会去发展，九龙太子道上的花墟，是其中之一。

大小花店、盆栽、插花用具都齐全，在那里，你可以买到所有与花有关的商品。还有一间小店，卖各种草药，走地鸡鸡蛋和本地泥土种出的香蕉，也很特别。

再走过去一点，就是鸟市场。黎明，这里是金鱼贩卖的集中地。

停泊在路旁的货车，载着大量的姜花，那阵幽香，是清新的。不然也有大批的剑兰出售。我一向认为剑兰才是代表香港的花，充满怀旧色彩，带人到另一个时空。

来花墟的人，总有一份文化气息。朋友和我都赞同，爱花之人，好人居多。

多少女孩子，都曾经做过开花店的梦。诗歌小说电影之内，花店的女主人，都是漂亮的、好静的、文雅的。

在墨尔本生活时，就认识过一位花店女主人，她每天清晨大老远地跑去批发市场进货，推着辆大人力车，一点也不觉辛苦。

"你是什么时候开始想卖花的？哪来的勇气？"我问。

她笑了："爱花。爱到执着时。"

道理就是这么简单，和爱一个人一样，你会牺牲一切。

失败了呢？"失败再说吧，至少你可以说已经尝试过。"她说。

看准了一个目的，成功率较大。比方说你爱牡丹，就专门研究牡丹，成为专家，卖得出色。别人一想起牡丹，就想起你的店。花墟里，有很多家专卖兰花，都站得很稳。

太花心了，变成没有个性。什么都卖的店，你不会记得。

恋爱，不也是一样吗？人活着，有了恋爱，对方不一定是人，花也行。

每个人都是人生的演员

在老师家上课，论书法篆刻时严肃，闲聊时轻松。

对于开书画展，老师说："开展览会的目的是给人认识，就等于要名了。有名，利就跟来。但是，买画的人，有几个真正懂画？会欣赏的，多有较为清高的思想，这种人怎么会看重钱财？他们哪有这么多多余的钱去买张画？所以说，书画家多数是演员。"

"这句话怎么讲？"我们都惊奇。

"除了作者之外，多少人知道一幅字画的价值？"老师问，"只有作者自己才明白自己为这幅字画付出的血汗！"

老师继续说："书画家是演员，因为他们要向观众说明好处在哪里、如何辛苦才能写出。说服观众，生意就做成。书画展的成功，多数靠关系，请熟人来买。连我自己，不也是一样地在演戏？"

"不会吧，老师。"我们说。

"你们看不出，那是因为我的演技已经炉火纯青。"八十岁的老人，还是那么调皮。

相信他想看到你快乐

在从前的地方有位同事，整天黑着个脸，大家都以为他觉得天下的人都得罪了他。

但此君一出主意，必定突出，令我们不得不折服。做了朋友之后，才知道那黑脸是因为肝病造成的。

如果说是乱吃东西而染到，那是活该，谁叫他嘴馋？不过事实并非这样，等到他发现家里的人也一个个是黑脸神，才晓得那是遗传性的病，本人是无辜的。

他的才华，令一位远方来的女人爱上了他。这女的我也见过，人长得漂亮，周围的人都说找谁不好，为什么一定要和这个黑脸的人在一起？但我们明白，黑脸神是有一份魅力的，尤其是当他笑的时候，露出那洁白的牙齿。

在病菌的折磨之下，黑脸神的工作量逐渐减少，他的肝病影响到了肾。开了几次刀，这个女子不离不弃，一直照顾着他，还向他提出了结婚的建议。

两人在一起维持了很多年，他的状态时好时坏，邻居们说常听到他们屋子里的笑声。

"黑脸神怎么样?"我们这些朋友一见面,都问他的近况。

其中一个回答:"从肝到肾,从肾又回到肝了。太太还是跟他相依相偎,得闲的时候,除照顾先生,还跑去当义工呢。"

我们又对这女子佩服不已。

"黑脸神死了。"一天,朋友相告。

"他太太呢?"

"两年前,已经离了婚。"

"什么?"我们愕然,"不可能的呀。"

"你知道啦,黑脸神发起脾气来,也不是人人都忍受得了的。"

依我的推测,是黑脸神知道自己日子无多,把太太给气走的。安息吧,黑脸神!微笑吧,黑脸神太太!别为这件事太过难过,我相信他是想看到你快乐的。

做朋友，给骂几句不要紧

有天，和一友人谈起黄霑。

"他常三更半夜跑到我家里来，除了聊天喝酒，你知道他喜欢干些什么？"

"不知道。"友人说。

"他喜欢借我的冲凉房洗澡。"

"经你这么一提，我也想起。"友人说，"他来我家，也问：'可不可以借用你的冲凉房？'当年我和他不是很熟，一下子就回答：'当然可以啦。'想不到他老兄真的大大咧咧地跑了进去，一冲冲了接近一个钟头。"

"有时候夏天来，洗完澡围着毛巾，光溜溜跑了出来，你知道，黄霑是不爱穿内裤的。"这个老友有这瘾，真是怪到极点。

"后来来了几次，都有同样要求。"友人回忆说。

"我不知道他到了查先生的家，敢不敢这么放肆？"

"大概不敢吧？"

"他吃过东西，喝完酒，洗了澡，拼命道歉，说了几十声对不起，无以为报，免费替我写一首歌词。"

"他写了吗？他没向我说过这种话，连谢谢也不说一声，但是答应了你有什么用，口说无凭呀。"

"他倒是真的有诚意的，每次都写一张证明书给我，说一定实现。"

"你有多少张？"友人问。

"一沓。"我又笑了起来。

友人也笑了："真是一个活宝。"

"林燕妮写过，黄霑真正的老友是顾嘉辉，唯一一个没弹过一句的人。其他酒肉朋友，让他骂得叶落，她说她知道的。那么，我们全被他骂了。这点，我倒不在乎，做朋友，给他骂几句，不要紧。"我说。

友人豁达："我也不当成是一回事，现在还能骂的话，更好。"

交友之道，在于原谅对方

我们年轻的时候，疾恶如仇。

这当然是青年人最大的好处，他们天真，不受世俗污染，喜欢就喜欢，讨厌就讨厌，没有中间路线。年纪渐大，好与坏模糊了许多，这也不是短处，只是因为进入了人生另一个阶段。

初到社会，同事间有一些看不顺眼的，即刻非置对方于死地不可。有的讲你几句，马上想诛他家九族，年轻人有花不尽的爱与恨，很可惜的是恨比爱多。

年纪大的人，一切已经历过，抓紧了年轻人的弱点，加以利用，先甜言蜜语把他们骗个高高兴兴，再加几句赞美使他们飘飘然，把他们肚中的东西完全挖出来，用它们当成利刃，一刀刀往背后插进去，年轻人毫无招架余地，死了都不知是谁害的。

别骂人老奸巨猾，因为你也有老的一天。奸与不奸，那是角度的问题。自己老了，就不认为自己奸了。就算不奸，在年轻人眼中，你还是奸的。

洋人常说做人要像红酒，愈老愈醇，道理简单，做起来不易。

年轻人逐渐变成中年人，又踏入老年，疾恶如仇的个性慢慢冲淡，但也变不成好酒，有些人总是以为世上的人都欠他们的，所以变成了醋。

老的好处是学习到什么叫宽容，自己错过，就能原谅别人，但有些人偏偏认为自己永远是对的，不断地对别人加以评判，要对方永不超生。他们不知道，恨别人也是痛苦事。

交友之道，在于原谅对方。记那么多仇干什么？想到他们的好处，好过记他们的缺点，这是"阿妈是女人"的道理，大家都知道，就是做不出。能原谅人，是天生的，由遗传基因决定，无法改变。我能原谅人，是父母赐给我的福分，我很感谢他们。

抱怨，只当成一种娱乐

好友俞志钢先生，旧香港出版社名人之一，当今移民加拿大，回来时带来一些老书赠我阅读，看到那发黄的封面，一闻之下，竟然是有书香的。

其中一册叫《闲书》，为郁达夫所作，良友文学丛书出版，封面后面画着一个播种子的人，令人感到特别亲切。

此书在一九三六年出版，一九四一年再版，是部散文集，中间也录了《梅雨》《秋霖》《冬余》《闽游》《浓春》等日记。

看当年文人日记，有一共同点，那就是时常记载给蚊子咬。郁达夫的，写得最多是喝醉了酒。那年代电话通信不十分发达，客人上门造访，多是不预先通知的，郁达夫为了应酬他们，连稿件也没时间写。从他的记载中，看得出他是一个很好客的人，有时被人约去吃饭，也可以连跑两局。

因为他的文章在福建的报纸发表，到了福州，到访的人更多，他在日记里说：昨晚睡后，尚有人来，谈至十二点方去；几日来睡眠不足，会客多至百人以上，头脑昏倦，身体也觉得有点支持不住。

郁达夫当年有如明星，去演讲中国新文学的展望，来听的男女，有千余人，挤得讲堂上水泄不通。讲足一小时，下台后，来求写字签名者众多，应付至晚上始毕云云。

天气酷热时，郁达夫的状态是"什么事情也不能做，只僵卧在阴处喘息"。我们这种夏天能叹冷气（粤语，即享受空调）的写作人，是多么幸福！

当作家的痛苦，郁达夫是深知的，常说拼命想写，但不成一字。又整天想戒烟戒酒，也不成。每每感到没落的悲哀，想振作一点，以求挽回颓势，也做不到。不过作家就是这样的，到最后，一本一本的书，还是照样出版。抱怨，只当成一种娱乐。

我的哲学：做什么事都要快

东宝株式会社的社长藤本真澄，中国电影圈里大概还有些人记得他。

很久以前他常来香港拍"社长"系列电影。后来，他也曾力捧尤敏成为日本影坛的红人。宝田明、加山雄三等都是他一手提拔的，但是，比起他监制黑泽明的影片，这些都不值一提。

黑泽明在日本，工作人员称他为"天皇"，也只有藤本敢和他吵架，刺激他拍《用心棒》《椿三十郎》等较商业性的片子。他们分开又结合，到最后还是好朋友。

藤本是一个大胖子，戴着一副厚玻璃眼镜，几个圈后面，闪耀着一双敏感的小眼睛。他给人家的印象是性子又急又火暴，讲话声音大，嗓音沙哑。日本电影圈里有什么鸡尾酒会的话，只要听到有人在哇哇大叫，那大家就知道藤本已经来了。因为他资历深，影坛中人都对他敬畏，他更是威风。

就在这么一个聚会中，我第一次遇到藤本，他像一头蛮牛一样推开人群跑到我面前，说："君，你新上任，应该多买我们公司的片子！”

当时我当一家机构的日本分公司经理，只有二十出头，血气方刚。我不喜欢他那嚣张的态度，但还是强忍下来，不卑不亢地回答："'君'这个称呼是年纪大的人对比他们小的人用的。我比你年轻，本来你可以这么叫我。但是，我代表的公司买你们的电影，顾客至上，你应该明白，藤本君。"

他一下子呆住，不知怎么接话。

"以后，我还是叫你FUJIMOTO-SAN，你叫我CHAI-SAN，如何？"我说完伸出手来。

藤本本来沉住脸，但是忽然放声大笑，说："好小子，就这么办吧！"

后来，我发觉他的个性一如其名——真澄，又很孝顺。他和红得发紫的女明星新珠三千代有段情，因为他母亲反对，弄得终身不娶。藤本解释他的性子为什么那么急："我在德国的时候，乘火车看到厕所的一个牌子写着'请快一点，还有其他人在等'。以后这成为我的哲学观，做什么事都要快！"

藤本真澄带我去银座的一家寿司店，它的特征是，门口挂了一个极大的红灯笼。

一进去，发觉店很小，客人围绕着柜台而坐，再也没有其他的桌椅，只能服务十个八个客人。更奇怪的是，它的柜台没有玻璃格子，看不到鱼或贝类。

大师傅向藤本打招呼，两人如多年老友般交谈，我插不上话，便先喝清酒。酒比其他地方的干涩，但很香浓，藤本说是这家店的特酿。

我心中在嘀咕不知要叫什么东西吃时，大师傅捏呀捏呀，"炮制"了两个小饭团，只有通常吃的半个之大。一个上面铺着一片鱼，另一个是一片象拔蚌。

我伸手把后者拿了蘸酱油吃下。真是以贝类为主，等到你认为寿司口感单调的时候，大师傅又在中间穿插上一两片鱼类的寿司。每一次捏出来的东西，都和前一次的味道不同。

"来这里的客人，从来不用开口，大师傅会观察你的喜好。一出声便老土了。"藤本低声地告诉我，"他们先把鱼类和贝类分开，再试看你要口味淡的还是浓郁的，一直分析下去。只要你来过一次，大师傅便会将你的口味记住，所以这里不用将食物摆出来让客人点。你表现得很好，没有出洋相。"

"东洋相。"我修正道。

藤本大笑，继续和大师傅聊天。

吃了好些生东西，正想要有点变化时，大师傅挖了一只大鲍鱼，切下两小片扔入一个小钢锅，倒入清酒，在猛火上烧，又摆在我面前，肉是半生半烤焦，入口即化。

接着，我想喝汤来汤，想吃泡菜来泡菜；倒最后一滴酒时，新的酒瓶又捧来。

好家伙，什么都给他猜透了。

最妙的是，他们还能注意到客人的食量，没有说吃不够，或者是吃剩一块的。当然，价钱是全日本最贵的一家。

以人头计，一走进这家店吃多吃少都要付巨款，但是走出来的人，从来没有一个呼冤叫枉。

我也是个急性子的人，藤本和我一老一少，什么事都很谈得来。他每次去外国经过中国香港，一定来找我，因为他知道我和他一样好吃，会带他去新发现的好菜馆。他对我还算客气，要是他和他下属吃饭，自己的肚子一饱就撇开筷子和汤匙，扔下钱马上离开。

藤本的酒量惊人，不消一个半小时，我们一喝就是两瓶威士忌。大醉后，他常告诉我一些趣事：

当黑泽明在苏联拍《德尔苏·乌扎拉》的时候，藤本大老远地跑到莫斯科去探班，两人一起到一间高级餐馆去吃饭。

在那冰天雪地的地方，黑泽明已经好几个月没有吃到新鲜蔬菜了，晚上看到菜单上有包心菜，不相信自己的眼睛，叫侍者来问，侍者点点头，黑泽明大喜。

两人各叫一份包心菜，耐性地等待，不到三分钟即刻上桌，原来侍者捧来的是两罐罐头，"啵"的一声倒在碟上，这就是莫斯科的蔬菜，把黑泽明气个半死。

"还有一件更气人的事！"黑泽明告诉藤本。

"怎么啦？"藤本问道。

"有一次，我睡不着，跑到外面去喝伏特加，三更半夜才回酒店。第二天，我睡得不够，头痛得不得了，就打电话给有关单位，说我感冒了，人不舒服，不拍戏。"黑泽明叹了一口气，"唉，哪晓得他们拆穿了我的西洋镜，骂我是喝醉了诈病！"

"他们怎么知道？"藤本问。

黑泽明摇摇头："旅馆的每一层都有一个负责打扫的老太婆，她们都是KGB（即'克格勃'，全称为'苏联国家安全委员会'）呀！"

我患了眼疾，到东京去的时候，藤本亲自带我去他的眼科医生处治疗，又介绍给我另一个吃生鱼的铺子，我从来没有试过那么好吃的刺身。

晚年，他的声音越来越沙哑，检查后才知道是患了食道癌。

我送了燕窝和人参，但已无效。

他去世时我本想去参加葬礼，但俗事缠身走不开，心中十分难过。

日本设有"藤本奖"，是专门表彰对日本电影有突出贡献的电影制作者的唯一奖项。今年已第三届了。

发现一个毛病，也算是一种进步

一早起身，尤其是前一晚迟睡，总有一两小时蒙蒙眬眬，不知道自己该做些什么的迷幻空间，甚浪费生命。

稿还没写，急呀，急呀。坐了下来，又想不出题材，一秒一秒又这么溜走，一定要想些办法来克服这些难题，终于给我找到方向。

一、下床。二、刷牙。三、沐浴。四、沏茶。五、打太极拳。六、写经。

从袁绍良老师那里，只学到一两招，就一直凑不出时间上课，但别小看，单单是第一式，已经非常管用。

两脚分开，中间留一尺左右的空位，挺腰直立，双手略弯曲，前伸，做抱着一颗大圆球的姿势。

慢慢地把圆球放下，弯着腰，放到脚部。

练到这里，已经发现自己的腰有很久没有弯过，低不下去，但每天做，一天低那么一点点，愈做愈兴起，终有一天让我碰到了双脚。

接着，伸直腰，双手还是做捧球状，慢慢升起，到达头顶。双眼向上望，这时你会发现，你已经很久没有抬头望天了，这个动作，也令你颈骨伸直。我们写作的人，经常低头，这个动作也能帮助我们克服这个恶习。

最后，双手顶天，吸气，舌头顶住口腔上部，收腹。等双手慢慢放下时吐气。

只是这一招，重复又重复，肉体已清醒。

精神上的，要靠写《心经》了。

焚一炉香，开始写经。从前写的，行气不足，那是因为想临摹弘一法师的和尚字，导致忽略了每一行的直线，如今发现了这个毛病，也算是一种进步吧。

做完身心准备，接着就是想赚钱的主意，从《心经》中得到灵感，可以组织一个到日本寺庙的写经团。

完全清醒，可以写作了，先把昨天写的重新修改一遍，当作热身。再写新的，自己以为流畅，不知读者看后觉不觉得闷。

沮丧没有什么了不起，只是一个笑话

我爱一切活着的东西，最讨厌的是担心、难过、悲伤、痛苦、忧郁和沮丧这几样，我当它们是敌人。

消灭敌人不用和它们去斗争，最好是躲避。

有人说吃东西可以抗拒沮丧。越悲伤吃得越多，这当然也是途径之一，毛病出在吃太多东西会发胖，那时你又得去担心自己的体重。

和朋友出街（上街）吧——有人这么劝告你。但是，你想想看，已经是沮丧难过，还要在别人面前装出个笑脸，那是多么痛苦的一件事！

别以为天下只有你一个人懂得沉闷，连许冠文、吴君如也有悲伤的时刻。痛苦，不是你的专利。

你也许会说自己越来越老，所以沮丧也越来越深，不过实际上，悲哀和年龄没有关系，报纸上年轻人跳楼的新闻是不稀奇的。

你或者会把理由推在穷困上，但是有钱佬发神经，服药自杀的例子也不少。

沮丧不分贫富、不分阶级、不分年龄、不分性别。这个坏蛋说来就来，我们一定会遇到它，就像我们做人迟早患伤风感冒一样，没有什么了不起，事后想起来，多数变成一个笑话，而且往往是莫名其妙的笑话。

我经常沮丧。

但是，我没有时间沮丧。

对了，克服它，最好是把自己弄得忙得要命。工作、读书、看漫画、看电影、看电视、散步、养鸟、栽花、打麻将、竞马、赌狗，做什么都行，只要不去吸毒，且切莫酗酒，别抽太多的烟就是了。

有时，就算你忙得不行，沮丧也会偷偷摸摸地来侵袭你。当你无处可逃，剩下最后的办法只有面对它。

找一个地方躲起来，关上房门、窗户，紧闭帘子，独自放声嘶叫，痛哭一场。要不然，摔破所有碗碟（避免古董），在冰箱上写"去他的"三个字，等等等等，但是千万不要用脚踢烂电视机（会被电死的）。

当你做了以上的一切，你便会觉得自己笨到极点，而且，你哭叫太多了，眼肿喉咙痛，闷出个鸟来。

这时，试试打开窗门，让阳光沐浴你的身体，走出去散散步，问人家这棵开满花的树叫什么名字，买两斤菜去炒炒，吃个斋，沮丧忽然逃得无影无踪。

求神拜佛也是绝对有效的，保证你会出现奇迹。我看过一个老太在祈祷，问她灵不灵。她回答："拜神时什么都不用想，还管他灵不灵！"

美国佬一沮丧，马上就去找精神分析专家，听说目前的收费是一百美金一个钟头。不过，通常他们只给你四十五分钟，像按摩女郎一样。

信天主教的还可以去找神父忏悔，这最合算，但是现在找神父的人越来越少，我认识的一个神父也说过："那些缩头鬼把我们的生意都抢光了！"

我们不流行这玩意儿，我们沮丧的时候只有自己解决。

读八卦杂志和妇女月刊也有帮助。不过八卦周刊最可爱，将报摊所有的都买下来吧！这些周刊，至少可以使你进入八卦阵，忘记沮丧，也可以说得上没有一本不好看。

如果嫌太贵，可去洗头店减轻负担。

要是你什么钱都不肯花，那么只有粤语残片，看张瑛、白燕哭得死去活来，你会感到自己最幸福。

樱花不会为你而开

一般人对樱花的认识，只是一两种罢了。像梅花一样五瓣的，或开得像一个球的八瓣。有些白色，有些粉红，仅此而已。

其实，樱花的种类有两三百种，天然的，后来培育的，数不胜数，大致来说，也可以分为十五种，冠上不同的名字。

从中国的南部分布到中国台湾和日本冲绳岛的叫"寒绯樱"，颜色红得较浓，在一月下旬就开花。

"河津樱"在二十世纪三十年代发现于伊豆，移植到静冈县河津町，一共有八千株，故以当地为名，每年二月下旬开花。

三月下旬到四月上旬开的有"染井吉野"，东京的半岛区就能看到。同时间开的都是些古老的樱花树，叫"枝垂樱"，也称为"泷樱"，樱花瀑布的意思，代表性的是福岛县三春町开的那几株。

大岛的气候较热，也在三月下旬开花，花较小，称为"小彼岸"，开到四月上旬的是岐阜县的"江户彼岸"，别名"淡墨樱"。

四月中旬开，代表性的有"八重红枝垂樱"，京都平安神宫种得最多，在明治时代由仙台市长远藤庸治献上，亦称"远藤樱"。

"山樱"最为普通，江户时代之前都不分类，所有樱花都叫这个名字，从四月上旬开到下旬。又大又多瓣的叫"普贤象"，大得像普贤菩萨坐的那头象，故此名之。同时间开的有"一叶"和"大山樱"。北海道的"大山樱"则开得迟，在五月。

迟开的有"霞樱"，树木集中，一齐开放，有如晚霞，故名之。

这时间也有名叫"郁金"的黄色樱花。

全国布满，在四月下旬开得最多最大朵最灿烂的叫"关山"，商人摘下此花盐渍，做成樱花茶。

可见樱花开的时间各地不同，时间跨度也很长，但只能推测，每年早点晚点，都不准。樱花不会为你而开。

教养，跟出身没关系

教养这一回事，人家都以为是出自名门才能得到，其实教养是一种普通常识，只要稍微注意，都可拥有，和你的出身没有关系。

没有教养的人，是懒惰的人、不求上进的人，无可救药，一见大场面，即刻出丑，在外国旅行，被人歧视，也是活该的。

当今大机构聘请职员，最后的面试都在餐厅中进行。

主人家故意迟到，看你是不是一坐下来就先点菜不等别人。酗不酗酒？也即刻知道，忍不住的人一定会先来一杯烈的。

菜上了，看你拿筷子，姿势正不正确倒没太大关系，那碟炸子鸡，你有没有乱翻之后才夹起一块，就决定了你的命运。

吃东西时，啧啧有声，更是个大忌。有教养的人哪里会做出这种丑态？吃就吃，为什么还要啧出声？

父母没教你，那你的家庭也没教养。不过这是上一辈人的错，不能完全怪你。但是你出来混社会，连这一点小小的餐桌礼仪都学不会，派你去和对方的大公司谈生意，人家听到你啧啧，先讨厌了，一定谈不成。

有些时候，不必从餐桌看，连面也不必见，听你的电话，已经能够知道。

"等一下！"你说。

管理阶层已皱眉头，为什么不会说"请等一下"？这个"请"字，难道那么难说出口？

"是谁找他？"

为什么不能是："请问您是？"

听到没有教养的人说话，总不当面指正。教养这一回事，是自发的，自己肯学，一定会，这并非高科技。

一切烦恼，都是由贪心开始

早前的报纸上说，英国名校有个新玩意儿，加入"幸福课程"，教学生如何做个开心快乐的人。

"幸福课程"教学生如何积极地面对挫折或恐惧、寂寞和羞愧的情绪。名与利并不代表快乐，是种社会科学。香港的社会也是愈富裕愈不快乐，也应该开设这一科，趁早教育年轻人怎么寻找快乐。

我从十几岁开始就懂得开心比伤心好的道理，一生往追求快乐的道路上走，有点心得，虽然没有文凭。

一切烦恼，都是由贪心开始。

年轻人最喜欢问的是：A君和B君，我到底要选哪一个？

要选哪一个？连这一点也搞不清楚的话，就是代表爱得不够深。爱得深，何须选择？贪心的人，两个都想要，就有困扰。这种情形，最好两个都不要，找C君、D君、E君、F君，或者G、H、I、J、K几个一起来好了。

计算机的原则，也是由一加一等于二开始的，把最复杂的数字，变为加或者减，答案就算出来。

而且悲哀的事，总会过去，一过去就笑了。我再次重复：考试、爱情、金钱的苦恼，大家都经历过，过去了就笑。那么为什么不先把笑借来用用？让哀愁慢慢地分期付款清还？

对得起自己最重要，现在能吃，就吃多一点，等到牙齿咬不动，想吃也没办法。食色性也，哪一方面也是一样的。

虽说爱情伟大，但还是没有比花钱更快乐的事。教你节省的有父母，有学校的老师，很少有人教你怎么花钱。我是一个专家，花钱的本领大过赚钱的，先教你一个花钱的办法：一有额外的收入，像在股票上有所斩获，或得到奖金，那么拿百分之十来花。花得干干净净，尽快地花完，才有快感。一毛不拔的话，不知道钱赚来干什么。

快请我去当助教吧。

下世投胎，也要选个好人家啊

香港的街头巷尾已有不少宠物店，但规模都很小，又没有一家特别高级的，要做生意的话就要标青（粤语，即非常出众），开间最犀利的，像福临门或阿一鲍鱼，有些客人，是为了价钱而光顾的呀。

狗医院也别做得太过寒酸，与其像私家诊所，不如来间宠物的养和（香港顶级私立医院），那才是生意经。

不知怎么扩充？容易，到东京或大阪跑一趟可也。那儿总比香港快一年半载，而香港则比其他华人地区快两三年。

街上，你可以看到日本狗穿得比它们的主人更漂亮。

最流行的时装有狗衬衫、狗披肩、狗外套，甚至有狗眼镜和黑超（即墨镜）。仔细看服装上的纹样，竟是名牌，老远也看得到是永远的中价货：格子牌。

狗一打扮得美丽，路过的人就会惊叫："可爱！"女主人一生也没被人称赞过，听了洋洋得意。主人和狗走累了，就到宠物咖啡店去憩一憩。

如果要出差，只好寄居高级酒店，大型的有狗餐厅、狗美容室和狗水疗院。

轮到女主人自己买衣服的时候，已可以把狗带进时装店了，从前宠物止步的地方，当今不开放没人光顾。

狗一有什么不妥即带去看医生。最好赚的还不是普通的兽医，也开始有替狗相命的了。

狗心理医生向女主人一番问话后，通常摇摇头，做以下的诊断："你的狗不开心。"

当然不开心，本来不必穿衣服鞋子、戴眼镜，多了那么多累赘怎会开心？全日本一年有二十万只猫狗被主人遗弃，你这条命算好的了，照乡下人的话说："下世投胎，也得选个好人家呀。"

小孩子的画，都有灵气，看起来清心

搬家，东西太过凌乱，只能出来住酒店。现在凌晨四点，对着墙壁，想写稿，但是一字写不出，只能瞪着那幅画发呆。

为什么每一个旅馆房中，非挂一两幅画不可呢？大多数是山水花卉鸟虫，但写意居多，工笔画很少。

酒店建立时总会请几个作画者，几百上千间房，每人负责一部分，一定要大量生产，画得多了，就偷工减料，愈来愈糊弄了，不肯工笔，反正住客的目的在于休息，或者偷情，谁有心情来看画呢？马虎一点就好。

所以变成抽象了。看的人不懂，画的人也不懂。抽象画最难，要经过严格的基本训练，写实的也画得很好，才能把形象打破，成为感觉。

但是这些所谓的画家，基本功没经检验过，就出来涂鸦，脸皮之厚，令人作呕。

即使基本功不肯去学，要踏上艺术这条路，也得有灵气呀！什么叫灵气？只能举实例来解释：小孩子的画，都有灵气，他们的思想还没被世俗污染，天才与否不要紧，总有个"真"字。而真，时常是灵气的起源。

色调更能影响情绪，酒店中看到的多是灰灰暗暗的东西，令人消沉。为什么不能多点灿烂的阳光？为什么不是五颜六色的花朵？偏偏是看了不想去游玩的山水？

作画者还多数只签个名字罢了，连诗也不肯题一首。书画嘛，书行头，不懂得书法的画家，好极有限。

就算那简简单单的两个名字，像死鱼一般腥臭，蛇头鼠尾，俗不可耐。与其付钱给这班半桶水，不如请一群儿童来作旅馆画，看起来清心。

开明的社会，什么人离婚都不稀奇

萨科齐离婚了，法国人民的反应是："总统离婚又如何？总统也不过是一个人。"

是的，一个开明的社会，应该有此反应，时代的变迁，令夫妻离婚的例子愈来愈多，这已是社会现象，总统离婚也绝不稀奇。

迂腐的卫道士和落后的社会里，才有人批评。为什么不评价他是不是一个好总统，而是一个离不离婚的人呢？

前几任总统，都有不可告人的秘密，被认为最伟大的戴高乐，也有私生女。偷情一向是他们的传统，民间传说里的婚外情特别多。童话中，经常出现国王和王后婚后爱上其他人，在小孩子的心里，已种下一棵偷情的苗了。

当今离过婚的女子，有哪个被视为荡妇了？再嫁后幸福的例子也居多。

要说公平的话，男女离婚，应该是双方都发生过婚外情。不公平的，是只有单方享受。

我也从来不反对离婚，友人之中这种例子不少，这些人都很正常，社会也从不歧视。我反对的，只是违背了当初在婚礼上照顾对方的诺言。

　　不过，有些例子是可以谅解的：

　　"她变了。从前是一个同情心重、处处原谅别人的人。现在她尖酸刻薄，处处挑剔人家的毛病。"

　　"他现在自高自大，已经不是我嫁的那个谦虚男人。"

　　朋友常这么向我诉苦，我说要么是离，要么是忍。你们没有违背诺言，因为你们答应过的对方，已不是同样的一个人。

　　我们尊敬的南非总统曼德拉也离过婚，因为他发现妻子已是两个人，这是个例子。

互相尊敬，是基本的礼貌

越来越觉得自己患了洁癖。

不干净的东西我不怕，但是却一直想躲开不喜欢的人，这种洁癖，也许是对人类的洁癖吧。

首先，我很讨厌人家一面讲话一面拍我。美女我不反对，对方是个男的，我一定逃之夭夭，那种被拍手拍脚的感觉，是极不舒服的。

我也怕那些把一件事讲两次的人，笑话也要重复，有的还要将同一个故事说三次，好像非这般，对方就听不懂似的。

声线有如鸟类那样尖锐，或像抽了大烟那么沙哑，也极难听。有时他们不讲话，也惹人反感，像不停地吸鼻涕。真想递包纸巾给对方，让他一次性喷出，好过稀里哗啦。

不断地咳嗽，我倒不在乎，感冒嘛，自己也常患这种毛病。

患鼻窦炎的，哼哼哈哈，我也能原谅，这是他们控制不了的，听起来不那么刺耳。

惹人反感的是坏习惯：当众弹指甲、挖鼻、抖腿的行为，本来可以更正的，为什么不去努力，一定要让对方忍耐这种丑态？

一直觉得人与人之间，应该有一份互相的尊敬。不管是长辈、同年或对年轻人与小孩，比我有钱或贫穷、知识高与低，都有这份尊敬存在。也许，这就是基本的礼貌吧。

不懂得礼貌的人，和一块肮脏的草纸一样，一接触，便会得传染病，得拼命去洗手。

遇到无亲无故的家伙前来称兄道弟，或连姓带名地呼喝，我就得避开。

有时跑不了，唯有面对，用不视来消毒。

方法是不管他们问你什么，说什么，都微笑不答，直望对方，望穿他们的脸，望穿他们的后脑，望到他们背后的墙壁。

别轻视这一招，用起来，甚致命。对方让你看得心中发毛，夹着尾巴垂下头去。

洗涤污染，目的达到，一切恢复干干净净。

人生之中，一定要交几个朋友

一颗吸血僵尸般的虎牙，开始摇动，我知道是我们离别的时候到了。

虽然万般可惜，但忍受不了每天吃东西时的痛楚，我决定找老朋友黎湛培医生拔除。近来我常到尖沙咀堪富利士道的恒生银行附近走动，看到我的人以为我是去找东西吃，不知道我造访的是牙医。

牙齿不断地被清洗，又抽烟又喝浓得像墨汁的普洱，不黑才怪。黎医生用的是一管喷射器，像以水喉（粤语，指水龙头）洗车子一样，一下子就洗得干干净净，不消三分钟。如果一洗一小时，那么加起来浪费的时间就太多。

今天要久一点了，拔牙嘛。

做人，最恐怖和痛苦的，莫过于拔牙。前一阵子还在报纸上看到一张图片，有个女的赤脚大夫，用一把修理房屋的铁钳替人拔牙，想起来做几晚的噩梦。

老朋友了，什么都可以商量，我向黎医生说："先涂一点麻醉膏在打针的地方，行不行？"

"知道了，知道了。"黎医生笑着说。

过了几分钟，好像有点效了，用舌头去顶一顶，没什么感觉。

我还是不放心，再问："拔牙之前，你会给我开一开笑气吗？"

"知道了，知道了。"

这种笑气，小时候看三傻短片时经常出现。向当今的年轻人提起，他们还不知道有这种东西。不过现在的牙医不太肯用，怕诊所内空气不流通的话，自己先给笑死。

一个口罩压在我鼻子上，我听到嘶嘶的声音，接着便是一阵舒服无比的感觉，像在太空漫游，我开始微笑。

"拔掉了。"黎医生宣布。

什么？看到了那颗虎牙，我才相信。前后不到十分钟，打针和拔牙的过程像在记忆中删除。这个故事教育我们，人生之中，一定要交几个朋友，一个和尚或神父，还要一个好牙医，这样精神和肉体的痛苦，都能消除。

我们做人，总是忘记自己年轻过

长辈托我买东西，我身体不舒服躺在酒店中，任务就交给自告奋勇去代劳的年轻人。

"走了好几家店，买不到。"年轻人回来轻松地报告。

"盒子上有没有地址？"是我的第一个反应，但是我没作声。

翌日。牺牲睡眠，叫了辆的士，找了又找，好歹给我找上门。买到了，那种满足感是兴奋的、舒服的，终于没有让长辈失望。

我们这辈子的人，答应过要做的事，总是尽了最后一份力量才放弃。

我并没有责怪年轻人，觉得这是他们的做事态度，是他们的自由，与我们这辈的人不同罢了。

我这种摇摇头的表情，似曾相识，那是在我父亲的脸上观察到的，在我年轻时。

上一辈的人总觉得我们做事就是差了那么一丁点，书没读好、努力不够、缺乏幻想力，总是不彻底，没有一份坚持。

看到那种表情，我们当年不懂得吗？也不是。你们是你们，我们是我们。我们认为过得了自己那一关，就可以了。你们上一辈的，有点迂腐。

但也有疑问：自己老了之后，做事会不会像老一辈的人那么顽固？

"那就要看要求我做事的人值不值得我尊敬。"年轻人最后定下自己的标准。

通常，愈是在身边的人愈不懂得珍惜这种缘分。年轻人对刚认识的，反而更好，舍命陪君子就舍命陪君子吧！

渐渐地，年轻人也变成了一个顽固的老头，他有自己的要求，有自己的水平，对比他年轻的已看不顺眼："做事怎么可以那么没头没尾呢？我们这辈人，不是那样的。"

从来，我们做人，总是忘记自己年轻过。

"我们这辈人"这句话，才会产生。

我想要的梦想中的小岛

童年开始，我就希望有个自己的小岛，不受干扰，没有尘污，充满太阳。

一年年，我将这小岛的形象描绘在脑海中。

细节慢慢增加，由沙滩上的一间小屋，发展到岛顶尖端处的大堡垒。

中间也想过有栋三合院，或是两层的唐楼，但多数的印象，只是一大间高脚的亚答屋。

亚答是生长在南洋的一种树木。

亚答的形状，似椰树叶。用来盖屋顶，能将屋子保护得很清凉。

这亚答屋顶的下一层是由几片大玻璃组成。

当有星星的夜晚，按遥控器的按钮，亚答屋顶便滑下，我就能躺在床上欣赏月光入眠。

屋中有个大银幕，在二十几年前我已经想到有一天可以将所有的好电影缩成一册册的小书，将它们放入机器。

不用放映师也能独自享受，现在这机器果然被人家发明了。

书房是少不了的，先有一墙壁全是字典的书柜，另一边是小说。

再是诗词，还有漫画和连环画。

吸烟间一半挂着国画，另一半挂着西洋经典画。摆着些古董在房中，俨然是一间小博物院。工作室里有大块的檀木和各种利器，以备雕刻佛像之用。

园中有竹林，备曲水流觞，夜里点烛和油灯，电器是禁物。

浴室不在屋内，是花园中的一个小温泉池，浸在池中见浮云飞过。

岛上有长数英里的飞机跑道。

忽然感到难堪寂寞时，致电各国诸友：

"喂，明天派飞机去接你。"

时间讲好，再吩咐私人飞行员顺道将加油时停靠的各国名厨一道请来。

友人到齐，畅饮话旧，或又大吵一番，跳入海中夜泳。

海水是温暖的，小微生物的磷光沾在身上，发出光辉。

这幅画，一定要不停地添上几笔。

第三章

相信自己的真性情

相信自己的真性情

　　清晨、深夜，不入眠，临摹古人书《心经》。

　　行书《心经》，首推《集王圣教序》之王羲之《心经》，虽然由不同字帖集成，行气十足，可见后人崇拜者之苦心。

　　赵子昂临摹王羲之，加入自成一家的书法，但在字形上还可看到与《集王圣教序》中一模一样的字形，当称对王羲之之尊敬。

　　刘墉也以行书书《心经》，但已面目全非，完全是他自己的字，不顾前辈了。

　　邓石如以篆书书《心经》，他的笔法纯熟，值得学习。但是篆书版的《心经》，还是喜欢吴昌硕的，他的《心经》很有金石的蕴味，字字见刀见笔，苍劲有力。

　　当然，临摹《心经》最高境界应向毫无火气的李叔同即弘一法师学习。抄了数十遍之后，更爱上法师的书法，重翻线装本的《弘一字帖》，发现不少精句，记录如下：

　　"今日方知心是佛，前身安见我非僧。"

"不经一番寒彻骨，怎得梅花扑鼻香。"

法师临终之前所书之"悲欣交集"，简直可以看到他老人家的笑容和眼泪。

我家壁上挂着法师真迹，书曰："自性真清净，诸法无去来。"高僧叫我们相信自己的真性情，不必奉佛，多么潇洒！多么伟大！

人生几何，要酬生平之不足也

我年轻时，又高又瘦，大家都为我担心，要强迫我喝肥仔水（含甜味的碳酸饮料）。

后来交了个女朋友，也是又高又瘦，一头直长的头发。我们两人在一起，朋友笑称：一支竹竿和一把拂尘。

时光蹉跎路，我中年发起福来。渐渐肥胖，成为被取笑的对象，我毫不在乎，反而先自嘲。

偶尔有裸体示人的机会，我也不觉羞耻。这就是我的身体，我某一个时期的形态。它追随着我爬过高山，渡过大海，在烈日下煎熬，严寒中挨冻。它是一副值得骄傲的躯壳，不得亏待。

简·芳达和三岛由纪夫拼了老命，想把人类肉体保留在接近巅峰的状态，我认为是不必要的。适当的运动倒要实行，但是我是个懒人，除了垫上运动以外，什么篮球、足球、网球、羽毛球等都不感兴趣。所以，只有放任地由这个躯壳浮肿下去。

难看死了，有人说。但是美丑只是一个观念，是别人强迫你接受的观念。人的躯壳随岁月衰老倒是必然的，皮肤的松弛，皱纹的增加，你我都改变不了。从前叫我喝肥仔水的人，现在要我吞减肥丸。

唉，继续暴饮暴食吧。唐朝宰相殷文昌说："人生几何，要酬生平之不足也。"

才不对推销电话低声下气呢

每天到了傍晚，我的手提电话响个不停，又是推销某某产品或者什么医疗保险的，烦不胜烦。相信阁下也深受其害吧？

我听到头一句，就挂断。

"不，不。"友人说，"如果是人打来的，要听完它，最后可以向对方说：'请你别再打这个号码。'他们就再不会来干扰你。"

"录音的呢？"

"那就没有办法了。"友人说。

岂有此理，我还是得听完它？还要低声下气地要求那家伙？我才不干。

虽说是自由社会，这种行为属于商业行为，不可随便喝停，那么我宁愿活在独裁者的统治下，把这些人都抓来枪毙。

私人的电话公司难道也做不出什么来吗？也许办法是有的，但多人打，公司收的钱更多，就让这些坏蛋胡搞下去吧。

愤怒，想去投诉，也没门路呀！就算给你找到了，一打电话去，一定听到一个机器声，投诉什么什么，请按1字，是什么什么部门，请按2字，英文请按3字……按你的大头鬼！

要杜绝这种无良商人，也只有靠八卦来置对方于"死地"。

报纸、杂志的八卦版最多，求助于它们，是最恰当的，反正明星拍拖或偷食，已不是什么新闻，不如八卦些滋扰民生的事。

设一个小组，专听这种电话，从头听到尾，把这些公司想推销的商品或行业、医疗单之类的，统统记录下来，刊登在报纸或杂志上，呼吁读者别去光顾他们。

报馆不肯干的话，就要靠我们这些所谓的专栏作者了，每篇文章少写两三行，用来控诉是什么人打来的，看你死未（粤语，骂人的意思）？

骂人，要骂到节骨眼

和日本人打交道，我年轻的时候总不客气，一恼起来就大声骂人，但有些笑嘻嘻听，拼命点头认错，但死不悔改，也不是办法。

骂人，要骂到节骨眼。像这次我们在九州，最后一天循例要逛一趟菜市场，结果司机认错路，把我们带到中央批发市场，被关闸人员拦住："要有准许证才能进去。"

"怎么才拿到？"

"请去十一楼的办公室申请。"

"拿到了是不是马上可以进去？"

守卫看了表："不，要等到十一点。"

我们只好退出，我向司机说："不是这个市场，我们来错了，应该去一个有零售的市场，从前去过。"

"你又没有说清楚去哪儿！"司机狡辩，"只是说市场，市场，这就是市场呀！你有正确的地址吗？"

我终于忍不住，弄个圈套给那司机："您是本地人吗？"

听我那么客气，司机有点骄傲："不折不扣的福冈人。"

"您驾旅游巴士，有多少年了？"

"快三十年了吧。"

已经箍住他的颈项了，我的语气忽然转冷："驾旅游巴士，驾了三十年，还不知道中央批发市场要有准许证才能进去的吗？"

"这……这……"他的脑筋转不过来，急到说不出话来。

"驾旅游巴士，驾了三十年，也不知道这地方要十一点才开，对得起公司，对得起客人吗？"眼看他就要鞠躬，我命令道："不必道歉，带我们去零售市场，如果再说没有地址找不到，我会向你的上司请示。"

司机这一回乖乖载我们到目的地，这种方法骂人，最有效。

不自爱的人，没药医

"你长得有多高？"小朋友问。

"六英尺。"

"个高的人有什么好处？"

"好处数不出，坏处多的是。"

"举一个例子。"小朋友说。

"乘电梯的时候，遇到那些不知道多久没洗头的女人站在你前面，味道一阵阵传来，不是很好受的。"我说。

"男人也有很多不洗头，头皮屑满肩都是的呀！"小朋友抗议。

"是的，不管是男人还是女人，有头皮屑的话就不应该穿深颜色的衣服。"

"头皮屑是一种正常的生理现象。"

"这也说得不错，少量的头皮屑，多洗，就没了。大量的头皮屑，是一种病。"

"怎么医？"

"每天洗呀，一天洗两次，一定能洗干净。"我说，"买一支老人家用的篦子，梳齿很密的那种东西，洗头之前刮一刮，也能去掉。药房很多治头皮屑的产品，搽一搽。"

"还有没有其他方法？"

"旧时妈姐们用茶渣来洗头，也能消除头皮屑。山茶花油是专门对付头皮屑的，搽了之后头发更是柔软发亮。"我一口气地说。

"广告卖的一种什么肩什么头的洗发剂有没有效？"

"我没用过，以前听亦舒说，愈洗头皮屑愈多，就没去试了。"

"你也有头皮屑吗？"

"有。到了冬天，天气干燥，新陈代谢，头皮屑就出来了，不过我们生长在南洋的孩子天天洗头，就看不到了。"我说。

"你对满肩头皮屑的仁兄怎么看？"

我懒洋洋地："我认为他们不尊重别人，也不尊重自己。这叫不自爱，不自爱的人，没药医。"

我这一生，与孩子没有缘分

我这一生，与孩子没有缘分。

"不孝有三，无后为大"的旧观念我还是接受的，但是家中姐姐、哥哥及弟弟各自为爸妈养了两个孩子，这个任务也不用我去执行了吧？

不想有孩子，因为我自己就是个长不大的孩子。而且，我没有足够的爱去给孩子。

这并不表示我对别人的儿女觉得反感，各有各的选择，所以绝对不要对我抱有同情和惋惜。

城市的孩子，只能享受到短暂的童年生活，他们看电视模仿、学大人的样子，一下子，他们都变得跟你我一样，失去纯真。

我这种人不适宜有孩子。

第一，我感到人生的生老病死再加上重重的欲望，不如意多过快乐。我有权说这些话，因为我已经过了大半生。

第二，我不相信目前的教育制度，这些教育制度把儿童压得扁扁的，要是有孩子，我一定不让他上学校，我会自己教育和开导，长大后再让他选择他要走的路。

第三，"没有子孙老来寂寞"这句话现在也行不通，他们大了各自离去，到头来还不是照样孤独？

总之，我可以提出一百个理由告诉你，没有孩子不是一件大不了的事。但是，有了孩子的人，就像固执的传教士，一定要用二百个理由来反驳你。"你不知道孩子是多惹人欢喜，看他们第一次哭，第一次叫'爸爸妈妈'就可以让你快乐一辈子。"接着，他们把孩子的一切鸡毛蒜皮的事都详详细细重复跟你说，不管你会不会听得闷死。

最后，对方看我一点反应也没有，就大嚷："我不想浪费时间和你讨论这个问题，有了孩子是人生的另一个阶段，你没有经历过，就不知道其中乐趣，不跟你讲了！"

乐趣？人生的乐趣除孩子之外也不少呀。旅行、文学、电影、音乐，这么短暂的时间，岂够一一去尝试？

到了我们这把年纪，才真正的天不怕地不怕了

年轻人充满信心，自大得很。

但是很奇怪，他们怕这个怕那个，怕的东西和人物真多。

读书时怕考试，怕凶恶的老师，怕交不出功课，怕考不上满意的学校。

初闯情关，怕出现一个比你更有钱的少爷对手，怕说明爱意被人笑。

怕自己不够好看，怕长满脸的青春痘，怕太瘦，怕太肥，怕太高，怕太矮，怕一生孤独没人要。

出来做事，怕上司，怕同事用刀子插你的背脊，怕被炒鱿鱼找不到工作。

买点股票，怕做大闸蟹。买张六合彩，怕不中。步入中年之前，又怕老。

到了我们这把年纪，才真正的天不怕地不怕了。对我们来说，一生已经赚够了，再也不能从我们身上剥削些什么。

真不明白失恋为什么那么恐怖。这个不行，找另外一个呀！难道天下只剩一个女人？

样子长得好不好看？哈哈哈哈，不好看又怎样，满脸皱纹又怎样？那是我们的"履历"。

长了大肚腩？好呀好呀，给女人当枕头，还不知有多舒服！这个年纪，有肚腩才是正常。骨瘦如柴的，不聚财。

遇到有钱佬，照样你一句我一句，身份平等。你以为他有钱，他死了之后就会留给你？

遇到高官，还是开开玩笑算了，也不会因得罪了他们而被秋后算账的。

看医生时，说一句："大不了死了。"一切，就这么轻松带过。

如果上帝出现在眼前，问问他："你出恭的样子，是不是和平常人相同？"

收藏心得

有本刊物说要来我家拍一些我的收藏品，我想了一下，因为，我没有收藏过些什么。

说石头吧，倒有数百块，但都不是值钱玩意儿，我不相信那些东西值成千上万元，几百块钱已经算是顶儿了。

看报纸，刊登了一张澳大利亚富豪展示书画的传真照片，介绍他挂在办公室壁上的凡·高作品《鸢尾花》，是富豪一年前花四千九百万美金买回来的。但是我并不羡慕他，这个人为了要保护这张画，一生之中一定会增加不少担忧。至于凡·高的艺术，在卢浮宫或大都会博物馆，一层几十幅，比《鸢尾花》金贵得多。

"那么，你没有考虑到艺术品可以保值吗？"朋友问。

我当然知道，但是辛辛苦苦收藏的东西，一旦要卖，被人家杀价杀得体无完肤，那种打击，比失去亲人尤甚。

而且，买艺术品为了保值的人，一定不是艺术家。

要了解什么叫"身外物"并不简单，我们家里都有些用不着又舍不得扔的东西，如果能够一扫清之，那做人会有多轻松呢！

　　收藏一点名贵的东西，并非不好，但绝对不要想着它有一天能值多少钱，这一想，你便是一个穷光蛋了。

和尚剧务

剧务，是电影行业一个工种的名称，职位在制片之下，主要负责一切琐碎工作，如安排车辆、购买盒饭、发演职员拍戏的通告等，还有其他不是自己范围内的事，都交给剧务去办。做得好没有人称赞，一件事做错便要遭受指责。每个剧务都受到极重的压力，在收工时都喜欢喝几杯老酒消愁，故个个后来都变成酒鬼。

田中是我在日本拍戏时用的剧务，他人长得英俊高大，总是笑嘻嘻地任劳任怨。工作效率很高，大家都喜欢他。问他的家世，他从不回答。后来，在日本拍的戏渐少，当地电影事业又陷入低潮，他失业了。

一天，我又在街上碰到他，他骑了一辆摩托车，身披黄色袈裟，头剃得光光的。我问他去哪里，他害羞地回答说是去给人家做法事。老友重逢，他约我晚上去他家里吃饭。原来他住在和尚庙里，我们在大堂中的蒲团上坐下，他拿出一大瓶清酒，对着佛像自斟自酌。

日本和尚是世袭的，他父亲是庙里的住持。唉，他叹气，说剃个大光头做和尚实在不是他的心愿，但是现在没事做，只好暂时做着。

我打趣道："你们又能吃肉，又可以娶老婆，和我们有什么分别？"

"现在的女人，谁要嫁给一个光头？"他问。

"那要看是不是一个有钱的光头啦。"我答。田中被我一语道醒，抱着我感激流涕。

从此，他便日夜不停地接洽生意。日本又闹和尚荒，他一个人兼做几家庙的时间住持。以现代式的管理，买了精美音响来朗诵经文。更将庙后的坟场，一人份变成八人份，出售迷你型的坟地，大受欢迎。

这次在东京又遇到田中，他已是一名有司机乘奔驰车的人。他从酒店把我接走后，到赤坂高级料亭，银座最贵的酒吧大吃大喝。介绍了他的二号、三号妻子，全是美人。但是，我发觉他并不真正快乐。他说我投资，你当制片，再拍一部电影吧。我说你念的经多了还不觉悟。他点点头："有一天，我会把这条不净根割掉做一个真正的和尚。"

"你本来就是个和尚嘛。"我说。

田中双手合十。

我已经把死亡也超越了

早年前的《国际先驱论坛报》报道了一则新闻：在法国尼斯，有一个叫狄米雪的女人，嫁了她已经死去的伴侣。

有法律准许这样的事吗？在一九五九年，南部的水坝爆裂，洪水淹没了整个城市，数百人死去。当年的总统戴高乐去灾场巡视时，有个女的向他哀求，要嫁给已经安排好婚礼的死者。

"我答应你，小姐，我会记得你的。"戴高乐说。

很快地，国会立出一条新法，承认那位小姐的婚礼。之后，有很多失去伴侣的人都向政府申请与死者结婚。

但是法律是有限制的：第一，和死人举行婚礼者，必得将要求寄给法国总统；第二，要是总统考虑，就会将请求交到律政司处理；第三，由律政司又交到管辖申请者的地方官；第四，地方官会约见死者的亲属，要是都不反对的话，案件才算受理。地方官审核之后再把案件一关过一关；最后交到总统手上，一切没问题，总统才会正式签字批准。

尼斯的狄米雪经过正式申请，终于在二〇〇三年得到准许。

她等到二〇〇四年二月十日才和死去的情人结婚，因为这年是丈夫的三十岁生日。

婚礼上，狄米雪没有穿白色婚纱，而是穿一整套的黑西装，像杜鲁福电影《黑衣新娘》，坐在镶金箔框的椅子上。旁边摆的，是一张空凳。丈母娘在后面观礼。婚礼地点在地方官署，教堂还是不能接受这样的婚礼。

礼毕后，新娘就冠上丈夫的姓氏，但是丈夫的财产是不能给新娘分割的。为了防止有人投机，法律是把这个漏洞也堵住了。

当然，如果未完成婚礼之前男人去世，但女人已怀了孕，又另当别论，不过也要经过遗传基因的分析吧？

这则新闻很感人，特此记载。最后狄米雪快乐地把丈夫的骨灰放在床边，她说："我已经把死亡也超越了。"

等你能确定什么是"最"好，你已经是"最"老

读者们最喜欢问我的问题，都和"最"字有关。

什么是"最"好吃的？什么是"最"好喝的？哪一家餐厅"最"便宜？你"最"喜欢哪一个作家？为什么"最"喜欢背这个和尚袋？

这个带"最"字的问题最难回答，因为我的爱好太多，尝过的美味也太杂，不容易一二三地举出例子，而且对其他的"最"也很不公平。

什么是"最"呢？从比较开始。没有最便宜的，就没有最贵的了。

如果以价钱来衡量"最"，是最俗气的办法，也是暴发户的标准。

一只辣椒不会贵到哪去。但什么是最辣的辣椒呢？也没有标准，辣味不能用斤来衡量。最后，还是用比较了。

把普通的辣，像酿鲮鱼的辣椒定为0级，一直加重，泰国朝

天椒不过是排行第六，最后的夏威夷灯笼椒才是排行第十。

"味道如何？"女记者问我。

不试过怎么知道？那种辣度根本不能用文字来形容。

我常回答她："像须后水。"

"须后水？"她大叫，"须后水和辣椒扯得上什么关系？"

"不是须后水和辣椒有什么关系，是和你有没有试过有关系。你们根本没机会剃胡子，怎么知道哪一种须后水最好？"

从一个"最"字，也能看出对方的水平。像我"最"爱看《老夫子》，和我最爱看《红楼梦》，这两者之间就有最大的差别。

"最"字和"渐"字一样，是渐进式的，渐渐地，你就知道什么是"最"好的。

这是在不知不觉中得到的成果。

等到你能确定什么是"最"好，你已经是"最"老。

有幽默感的人，做事容易成功，朋友也会多

　　陪一个女人去买房子，前来介绍的女经纪人，身体肥胖。她气喘吁吁地爬上那小山坡，满脸笑容，看完了一间又一间，我朋友都不满意，最后来到嘉多利山的布力加径，有间楼顶很高的，价钱又便宜，我们便逗留得久一点。

　　我这个朋友是个名副其实的八婆，常损人不利己，酸溜溜讲对方几句，看见那女经纪人又气喘如牛的怪样子，她单刀直入地问道："你有没有148磅？"

　　"哇，请你不要乱讲，我现在哪里有140磅？"女经纪人哇哇大叫一通后说，"我二十岁那年已经140磅了。出来做事，爱吃东西，一年胖一磅，现在160磅了。"

　　连那个绷着脸的八婆也被她惹得笑个不停。幽默真是一件大武器，绝对比那两个为争抢资源打破头的男经纪人强得多。

　　我出外景时选工作人员，如果对方能讲一两个笑话，我绝对先和他签约，因为我知道一去就是几个月，好笑的人比不好笑的

容易相处。

有幽默感的人，做事成功的机会总比别人多，得到的朋友也更多。别以为讲笑话就是轻浮，连做总统也得讲一两个笑话来缓冲紧张的局面，里根和克林顿都使此招。

"你为什么出来做这一行？"八婆又问。

女经纪人回答："要养孩子呀，我和我先生离了婚。"

"为什么要离婚？"八婆又不客气地问。

"不能沟通呀，"女经纪人说，"他连和哪一个女朋友约会都不肯告诉我。"

我们又笑了。八婆心情好，房子又看得满意，最后她说："我想和先生商量一下。"

"商量一下也好，"女经纪人说，"不过不是每一件事都要老公决定的。我减肥，就从来没有想过要得过他的同意。"

八婆又笑了，交易即成。

中年情怀

一、不必用吹风机，也不必用太多的发膏，已经再也没有怒发冲冠的现象。

二、不必再拔白发，剩下黑的，你慢慢找好了。

三、你开始发觉传统性的衣服是多么的庄重，流行衣服是那么容易过时。

四、三十年前的小事，你记得清清楚楚。昨晚遇到的女朋友的名字叫什么？

五、到处都能打瞌睡，可是见到了床，躺了上去，怎么睡也睡不着。

六、你会向坐在你身边的司机说："别开得那么快，别开得那么快。"

七、签信用卡的时候，看不到银码（粤语，指金额），不知道怎么加小费，只有戴上老花眼镜。

八、和你同年纪的朋友，所讲话题，离开不了介绍个神医给你认识。

九、不喜欢上麦当劳。

十、酒量减少，向你的朋友解释，要喝好一点的酒，贵精不贵多。

肯搏，总会出人头地

毛毛雨，路经天桥底，见老人打着伞，坐在梯阶上，双眼望前，动也不动。

在干什么？等人吧？静观吧？都不像。没事做，是一定的。

酒楼饮茶，入口处有一小丑，年轻人扮的，拿着一个泵，把彩色胶球打入一半的气，然后折成一个个小圆球，组合成一只米奇老鼠，送给小孩，欢天喜地。

"请来的，"酒楼伙计说，"一个小时七百，包气球。"

不是儿童不送，我走过去向他宣布："我是大小孩，也要一个。"

年轻人笑嘻嘻点头。"平时上不上班？"我问。

"在写字楼送信。"他回答。

"做气球公仔的技术，是谁教的？"

他摇头："没人教，到书店买一本书，看图识字学会的。"

"真厉害。"我说。

他又摇头："不是什么高科技，失败了再学，不会学不到的。"

“一个月赚多少？”我问。

“写字楼四千多。”他坦白地回答，“每个星期天跑两场。一场七百，两场一千四百，乘四，五千六百，加起来也有一万元，够用了。”

“酒楼怎么知道？”我又问，“他们怎么会请你？”

“每一家去表演给他们看，每一家去问问，总可以问到一两家。”他说。

我喜欢他，喜欢得要命。天下总分几种人，有的不肯进取，不肯学习，就那样过一生，有的肯博，出人头地。

一不甘心，你就成大人了

新年。

闲着，焚一炉香，沏壶好茶，拿出红纸，替友人写挥春（粤语，春联）。

"处处无家处处家，年年难过年年过。"

友人说呸呸呸，什么无家，什么难过，写些别的吧！

写什么呢？

写个"横财就手"吧。

古人教育道，横财不是什么好事呀。

香港人才不管，有财就是，横财、直财又怎么样？说得也是，便写了给他。顺手写张"临老入花丛"。

什么临老入花丛？友人问。

我才不管，有花丛进好过没花丛进，进进出出，又怎样？

友人说："说得也是。"

欢欢喜喜地把两张红纸拿走。

另一个说："我也要一对。"

再不敢写什么无家难过了，提起笔来：

"山中闲来无一事，插上梅花便过年。"

不不不，不要梅花，梅花听起来像是发霉，意头不好，改成桃花吧。是，桃花好，桃花有桃花运，一定交很多女朋友，友人说。

我瞪了他一眼，把那个"梅"字勾了一圈，在旁边写了一个"桃"字。

友人不太满意，但看我快发怒的样子，只好收货。

最后一个说："写招财进宝吧。"

又是财又是宝，多么俗气！好吧，勉为其难，照写了四个大字。

友人左看右看："怎么是四个字的？"

"招财进宝，不是四个字是什么？"我恼了。

"街边那个老头，一口气把四个字写在一起，成一个大字，那才好看！"友人抗议。

"不会写！"说完把他轰了出去。

本来想去开档写挥春的，看样子是开不成了。

新衣还没买，过年不穿新衣怎么成？但看架子上衣服已一大堆，穿了新衣，也没有什么感受，不买也算了。日前跟人家挤着去买点干贝、鲍鱼之类的年货，已经被挤得只剩下"半条命"，还敢出门吗？

头总得剃剃吧。

理发店涨价是应该的，但要等，真不耐烦，想到被别人翻得快残掉的几本旧杂志，已怕怕。

什么事都不做，就这么过吧，这个年。

但我一定受不了诱惑，友人一说要打麻将，即刻上桌，三天三夜，不分昼夜，打得头昏眼花。或者，到外地去避年，玩个不停，回来后照样疲惫不堪。

年没有什么好过的，做了大人之后。

还是小孩子的时候好，还是可以放鞭炮的那个年龄热闹。

过年前的十天八天，家人已做足准备功夫。看日子打扫、蒸年糕、做发糕，大家忙得团团转。

初一那天，不准说不吉利的话，也禁止说粗口，但家中允许赌博。大人掷骰子，越掷越兴奋，"四、五、六！四、五、六！"大声地吆喝，喊了几下，出来的点数却是"一、二、三"。结果大人"丢那星""丢那妈"的，什么粗口都说出来，为什么只有我们小孩子不能说？

"还是快点做大人吧。"小孩子盼望。

做大人的日子终于等到了。各个大城市已禁止放爆竹。家中的菲佣不懂得蒸发糕，吃的只是酒楼送的萝卜糕，全是鹰粟粉，一点萝卜味道也没有。

大人过年不想出去，拼命地睡大觉，个个都已经很累很累了！

什么时候，我们不知不觉中变成大人了呢？

从红包被家长骗去的时候开始。

高高兴兴得来的压岁钱，大人就说："我替你拿去存在银行里面吧。"

这一去，永不回头。

当小孩子想起时问："我的红包呢？"

"哎呀！"妈咪解释，"我也得送给别人的小孩呀！我不送人，人家会送你吗？"

想想有点道理，也就算了。

但偏偏就有些小孩子不甘心："为什么要拿我的钱去送人呢？"

这一不甘心，你已经是大人了。

从此，你学会保护自己，你也学会怎么去说服别人：用他们的钱，是应该的。

这一来，你不只是一个大人，你已经是一个社会公认的成功人士。

不过香港这个地方，钱给别人拿去，是一个教训，是一个刺激，刺激你去赚更多的钱。社会从此稳定繁荣，最后还是以喜剧收场。

本来不想写些什么俗气挥春，结果还是拿起笔来，把这篇东西开头的第一句改了，写上"恭喜发财"。

脚踏实地，我们便有根

惊闻老师入院，我由远方赶回来，直赴病房。老师紧紧地抓住我的双手。

我们净谈病好后，到新加坡开书画展的事。那天他老人家心情特别好，也很精神，吩咐一直在照顾他的大哥大嫂："等一下铫鸿来，请他带个相机。我们来拍些照片。"

陈铫鸿医生在这几年勤向老师学习，师母和老师的病都由他来看，他依老师所嘱，把相机带来。

我心中打了一个结，拍什么照片，留什么纪念呢？

老师不大肯吃药，说："又不要去看戏，买票子来干什么？"

言下之意为人反正要走的，不必做多余事。

学生姚顺祥兄回答道："老师，把票子买了，去不去看慢慢决定好了。"

老师卧在病床上，手指不停地在动，他担心万一医好，双手麻木了的话，不能写字，不是和死亡一样吗？

"死亡并不可怕。"老师说，"怕的是身边的人痛苦。师母去世之前，我一直服侍了她两年，那种心情，的确不好受。"

他笑着望着我："做人最好是横死！"

"这句话怎么讲？"我们惊讶。

"你想，一些飞机意外事件，乘客在没有时间思考和感觉之下就那么去了，多好。做人反正一定要死，我倒希望像他们一样忽然地离开。"

老师于一九八三年十二月七日逝世。

他给我们留下的，最珍贵的是对艺术和做人的态度：自然大方，学无止境。这些哲学好像要花几十年工夫才能钻研出来，但有了老师的熏陶，道理又是很简单。

先由基本做起，不偷工减料，便有自信。有了自信，再进一步去学习，尽了自己的力量，不取宠、不标新立异，平实朴素，就可以自然大方。我们脚踏实地，我们便有根，不用去向别人证明我们懂得多少了。那种没有后悔的人生，是一种多么安详的感觉。

上帝也疯狂

《上帝也疯狂》这部电影在香港票房收入一般，可是在其他较淳朴的国家却打破《007》片集所创的西片纪录。

记得片中的一个叫布希曼的非洲人吗？他就是最初捡到可口可乐空瓶子的那个主角。

近年来，他被日本请去多次，变成最受瞩目的人物之一。

他第一次去东京的时候，日本还把一个专门研究动物语言的教授大老远叫来，想与布希曼有多一点沟通。

布希曼出现在无数的电视和杂志的访问中，他单纯的感情，惹得大家都开心。

日本人给他最好的吃的穿的，招待他到最美丽的风景区去游玩。

回到非洲，布希曼觉得他睡的床很硬。不过，这只是一个被宠坏的开端，其他的不良习惯会跟着学会。我很厌恶听到这一切，所以不再详述。

过了一段时期，日本人又把布希曼请去，这次不是去做客，而是要为大商家付出一些贡献了。布希曼不断地拍广告，他的照片只是带着微笑，手中都有不同货物。看惯了健美的模特儿和过气的明星，日本的消费者对非洲本土人的推销感到异常的新鲜。

平时他已穿上西装，至少有数条牛仔裤，但是在广告中，他由非洲带来的"服装"和"道具"派上了用场。

布希曼脱下衣服，光着上身，只围一条缠腰布。赤着脚，肩上挂着原始的弓箭筒，手上永远有最摩登的商品。

他拿着一个新型录音机，图片的左右写着石洞雕刻状的字："我，不是布希曼，变成华克曼了。"

赚到的钱他到底分到多少，日币当然也能在非洲兑换。

这些钱能买到什么？五个老婆，七十只羊。如果靠广告所得的酬金完全到他的手，布希曼会成为小地方的"土皇帝"。

他在电影中的形象完全幻灭，为了此事我伤心了好一阵子。再想下去，上帝不疯狂，我先发癫了。

疯狂总不是好事

香港的地产又疯了起来。最近我去看一间三千平方尺的公寓，叫价八千万港币，合一千万美金，而且地点不是在山顶之类的豪华住宅区。

这个价钱在美国能买到什么？

美国不是一个很安全的地方，但你能买到天下最安全的住宅，那就是第44任总统奥巴马家的隔壁，名副其实出门不必上锁，因为有整个国家的安保人员为你守卫。

这座房子最近挂着"出售"的招牌，地址是5040, South Green wood Ave, Chicago。

当然有很大的前花园和后花园，房间一共有十七间，还有一个马车库。

目前还没有订出真正的售价，附近相同的房子卖的是一百万到二百万美金一座，要是你出香港那座公寓的一千万，相信屋主一定卖给你。

市中心的所谓"豪宅"，一点也不是什么花园洋房，只像高级徙置区。

不知是地产商聪明，或是香港人笨，一在电视上打广告，说是法国南部的景色，人们就争着去买，以为是住在法国了。

看到这个方法行得通，之后所有的鸽子笼公寓，挤得密密麻麻，你看我我看你的"豪宅"，都以气派呀，名门呀做招牌。大厦名称愈来愈厉害，有"天"字头的，买到一间，就连天堂也住得进去。

在街上走，一个地产商人跑过来向我说："蔡先生，买一两间玩玩？"

开什么大玩笑？我的钱，从年轻到老，都是一个个努力赚回来的，按那个价钱，我十辈子也买不起。

我的住宅一向是租的，追不上市价去买，最后在沙士（SARS）期间楼价最低的时候才勉强购入一间遮顶，当成一个窝。

疯狂总不是好事，每次有这种现象，灾难一定跟着到来，那时候再去换一间大一点的房子吧。

走路最快的人

英国心理学家和英国文化协会合作，在全球五十二个城市调查市民的步速，看哪一个城市的最快。

很奇怪，他们就是不敢来香港做这个实验，故不入围。

我年轻时在东京生活，跟随都市人的步伐，走路很快。当年邵氏公司派了郑佩佩来学舞，她人高，腿长，本来应该赶得上我的，但是在街上走，永远是我走在前面，把她抛离了一个很大的距离。

后来我去了纽约，认为他们走路比我更快，要追上不容易，我一直感叹说：世界上再也没有一个大都市，比得上纽约那么繁华了。

回到香港，一住就数十年，这期间与日本公司合作拍电影，又要上《料理铁人》节目，也往返多次。

每回到了东京，最不习惯的是所有的人都等红灯变绿后才行走，而且转色时间极长，深夜无人，照等。所有繁忙都市，包括纽约，行人都无视信号灯的。看那些日本人，红灯转绿后开步也缓慢，我在东京街头，变成走路最快的一个人。

重游纽约，不知道他们是不是因经济衰退，走路速度也落后于香港人了。欧洲变成一个"老太婆"，所有大都市的人走路都不快。其他东南亚的新兴城市，也不见得追得上香港。澳大利亚在地球下面，像与世隔绝，不知步伐是何物。

要做调查的话，人算不如机器算，而且因人而异，是不准的。最科学化的统计，相信交通信号灯好了。

世界上没有一个地方的交通信号灯，转得比香港更快，这证明了我们走路的速度极快。有一次在台北的交叉口，看到由红灯转绿，显示器中竟然打出一百八十秒，我差点大笑出来。

一、走路快。二、有人说话言不及义，也会敦促。三、饭总是第一个吃完。四、有人阻了去路会很生气。五、坐一小时就烦躁。六、见有人排队就拂袖而去。七、遇到问题要马上解决。关于步速的七个问题，香港人都得满分，还不是天下第一快？

老头子革命

日本经济起飞时，人人都赚了不少钱，现在的第二代好吃懒做，没有进取心，大多数变成宅男宅女了。

这怎么办？都市的年轻人还好，一到乡下，从前都出来打工，当今青年留在家里也不是，去到大都会又不适应，进退两难。

中央政府每年需要拨出巨款去资助各个县份，虽然大家都得到一点补助，但始终是不够用，等死也不是办法呀。

好了，年轻人无所事事，轮到老一辈的出来挣钱。很多乡下企业，像酿酒的小工厂，老板的下一代不肯接班，干脆请外国人来振兴，让他们自由发挥，结果把酒瓶包装得像古时候的陶器，又大卖特卖，成为乡下企业成功的一个例子。

耕田者也不死守种大米了，知道有什么好卖就种什么。番薯做的孖蒸比清酒销路好，众农民就转去种番薯了，这都是老者们发起的。

番薯田旁边，搭间小屋，买个大水槽，养起水产。本来是靠山吃山，没有海，就制造出一个人工的，大量养起食用鱼、虾、蟹、海参、鲍鱼来。当今科技发达，日本人研究出一种化学品，放一包进水中，淡水鱼和咸水鱼都能养活，又是一笔收入。

民众不知道的，是养殖鱼已走入他们的生活之中，大家以为野生的比目鱼，有99%是人工养殖的。

最近又在浅海处发现无数的海鳗鱼苗，全部捞起，分派到各地去，养出来的鱼肉也和野生的差不多，比一代传一代的养殖鱼苗更强壮更美味。

农村的年轻人都到城市打工，住惯了也不愿回来，农村人口渐少，学生不足，小学被荒废掉，现在有些老家伙想出一招，把整个那么大的游泳池拿来养河豚，一下子有数十万尾那么多，肥肥胖胖。河豚当今价格下降，变成大众食品。

看样子，老头子的革命，是成功了。

从小中了电影的毒

从小中了电影的毒，外国人的形容是被菲林虫咬到，一生不能摆脱。

电影院少去，那是真的，实在忙不过来；碟片还是照买，一天总要花三四个钟头在看电影上。

什么烂片都看，经数十年后，当今才开始选择，酸枝大柜中的几个抽屉，摆满了原封不动，不想扔掉，但也不想看的片子。

有什么电影不想看？太悲惨的，已经不想看，太一本正经主张正义的，也不想看。太好莱坞，用滑稽来取悦大众的，也不想看。太眼高手低，导演们拼命自渎的，更不想看。

从前买下不看的，已数不清，最近的中文片有《赵氏孤儿》和《非诚勿扰2》。与其看这些哭哭啼啼，或无理取闹的影片，我宁愿看打打杀杀、机关枪乱扫、炸弹满天飞的动作片或刀剑片，但也有选择，像《狄仁杰之通天帝国》等，我怎么都不想去碰。

有时也宁愿看恐怖B级片，虐杀僵尸的也不拒，但像《维多利亚一号》这么残忍的，看了也不舒服。

西片中，我知道拍得很好的有《最后一站》（*The Last Station*），荣获第82届奥斯卡金像奖、第67届金球奖，但叫我去看老女人海伦·米伦和老汉克里斯托弗·普卢默在床上调情，也有点恶心。

有些片，导演好，主题又适合我，但说什么也不看的有李安的《制造伍德斯托克》（*Taking Woodstock*），原因说不出来。

东挑西选，什么电影都看不下去了，怎么办？好在有制作水准很高的电视片集补上，像《广告狂人》我就看得津津有味。

重看经典的法国片《日出时让悲伤终结》（*All the Mornings of the World*）也很享受。除此之外，只有摘下心肝，看那些不想看的，怎么烂都把它们看完，身为电影工作者的一分子，我知道每个场面，每个镜头，都是一大群人集中精神去炮制，不管那种戏是多么荒唐，还是得一本正经地去拍。

广告最能反映人生

当今社会，广告最能反映人生。

翻开杂志，最多的广告是什么？卖减肥药和做瘦身运动。

香港人穷吗？没饭吃就瘦嘛。

运动能减肥。去操场到公园做体操好了；搭几块钱巴士到山顶或郊外慢跑吧。为什么要集中在玻璃窗后踏跑步机？

除了漂亮的少女，所有在健身房做运动的女人要向你借钱，拒绝可也。她们不值得同情，要同情宁愿同情流莺。

更多的广告卖化妆品，什么水什么膏，有效吗？管他的，试了再说。女人镜前一定有一大堆用不上、弃之可惜的瓶子。

唉，人生得丑，再贴一百块面膜，也是枉然。要是能够变白，迈克尔·杰克逊也不必花那么多钱，所有黑人都成为白人了。

使用两个星期，改善松弛的胸部；使用四个星期，胸部线条明显增大。几十岁的人了，还相信这种丰胸美乳液？

要是这么方便的话，隆胸医生也没得捞了。但还是有女人照买，绝不手软，你敢说她们穷？

宠物店的广告也不少。每个月不必补贴家用给父母，但是猫粮狗粮照花。急诊室代双亲多付一百块哇哇叫，宠物医生处付上千元的医药费，不肉痛。

等到没肉吃要杀猫狗的时候，香港才真正穷。等到只用雪花膏的时候，香港才真正穷。

星期天集中在中环的二十多万菲律宾家政助理都回老家了，香港才真正穷。

在这之前请别乱叫，开心点吧。伤心时喝杯酒，没机会失身也好，像诗词上说，"无聊处，借一卮醇酒，灌破愁城"。

欧洲人的穷日子

每次去欧洲总是匆匆忙忙，时间不足，到处跑个不停，认为老远地走一趟，非弄个够本不可。

有时也不是自己愿意的，亲戚朋友一齐去，大家想逛些什么就跟大部队。名店街当然逛，还有那些所谓米其林三星餐厅，东西虽然不错，但环境不让你吃个舒畅。

这回是一个人静悄悄前往，一向住惯的酒店爆满，也无所谓，在附近找到一家小的，很干净，五脏俱全，除了没有烧热水的壶，沏红茶不太方便而已。

探望友人，在家里陪他聊天，不太出门，反正所有值得去的博物馆、美术院都去过了，清清静静谈了一个下午，也比到处走好。

过当地人的日常生活，从树下捡到一堆堆的核桃，当今刚成熟，剥开一看，那层衣还是白色的，一咬进口，那种牛奶般的液体又香又甜，这种天下美味，相信很少人会慢慢品尝。吃了之后，看到那些普通的核桃，再也不会伸手去剥了。

桃子刚过，李子出现，欧洲有种李，又绿又难看，若非友人介绍，真的不会去碰。原来这一种李是愈绿愈甜的，起初还怀疑，吃了才怪自己多心。

当今也是各种野草莓当造的季节，用纸折成一只小船当容器，一只只盛满小果实，红的绿的紫的，以为很酸，哪知很甜。

各种芝士吃个不停，面包的变化也多。

什么？你只吃面包和芝士过日子？友人不相信。

你怎么想是你的事，这几天的确是这么过了，但是有点偷鸡（粤语，意为偷懒、取巧），要灌红酒才行。酒又是那种比水还便宜的，喝起来不逊名牌。

欧洲照样有负资产，也有大把人失业，但他们的穷日子，好像比东方人容易过一点。

第四章

人生要学的，

太多

成龙：做人做事，
都要让人对你有信心

第一次见成龙，是在电影摄影棚里。一条古装街道，客栈、酒寮、丝绸店、药铺。各行摊档，铁匠在叮叮当当敲打，马车夫的呼呼喝喝，俨如走入另一个纪元，但是天桥板上的几十万烛火刺眼照射，提醒你是活在今天。

李翰祥的电影，大家有爱憎的自由。一致认为的是他对布置的考究是花了心血，他对演员的要求很高，也是不可否认的。

现在拍的是西门庆在追问郓哥的那一场，前者由杨群扮饰，后者是个陌生的年轻人，大家奇怪，为什么让一个龙虎武师来演这么重的文戏？

开麦拉一声大喊，头上双髻的小郓哥和西门庆的对白都很精彩。一精彩，节奏要吻合，有些词相对得难记，但是两人皆一遍就入脑，没有NG过。李导演满意地坐下："这小孩在朱牧的戏里演的店小二，让我印象很深，我知道他能把这场戏演好，怎么样，我的眼光不错吧？"

成龙当了天王巨星以后，这段小插曲也跟着被人遗忘。

这次在西班牙拍外景，我们结了片缘，两人用的对白大多数时间是英语。

为什么？成龙从前一句英文也不会讲，后来去美国拍戏用现场同步收看，又要上电视宣传，恶补了几个月，已能派上用场。回来后，他为了不让它"生锈"，一有机会就讲。

他说："我和威利也尽可能用英语交谈。"

"我们两人都是南洋腔，你不要学坏了哟。"我笑着说。

"是呀！你们一个从新加坡来，一个从马来西亚来，算是过江龙，就叫你们作新马仔吧！"成龙幽了我们一默。

从故事的原意开始，成龙已参加。后来发展为大纲、分场、剧本、组织工作人员、看外景、拍摄，到现在进入尾声，已差不多半年，我们天天见面。但是，要写成龙不知如何下笔，数据太多，又挤不出文字，就把昨天到今晨，一共十几个小时里所发生的事记录一下。

我们租了郊外的一间大古堡拍戏。成龙已经赶了几日夜班，所以他今天不开车，让同事阿坤帮他驾驶。坐在车上，我们一路闲聊。

"你还记得李翰祥导演的那部古装片吗？"我忽然想起。

他笑着回答："当然，大概是十年前的事了吧？那时候我也不明白李导演为什么会找我。杨群、胡锦、王莱姐都是戏骨子，我也不知道哪来的勇气，只好跟着拼命啰！"

"大家看了《A计划》后，都在谈那个由钟塔上掉下来的镜头。到底真实拍的时候有多高？"我问。

"五十几英尺，一点也不假。"他说，"其实也没有什么了不起，我们拍之前用一个和我身体重量一样的假人，穿破一层一层的帐幕丢下去。试了一次又一次，完全是计算好的。不过，等到正式拍的时候，由上面向下看，还是怕得要死。"

成龙并没有因为他的成名而丧失了那份率直和坦诚。

到达古堡时天还没有黑，只见整个花园都停满演职员的房车、大型巴士、发电机、化妆车等。

灯光器材、道具、服装等的货车，最少也有数十辆。

当日下雨，满地泥泞，车子倒退前进都很不容易。阿坤在那群交通工具中穿插后，把车子停下，然后要掉转。

成龙摇摇头："不，不。就停在这里好了。"

"为什么？"阿坤不明白，"掉了头后收工时方便出去呀！"

"我们前面那辆是什么车？"成龙反问。

"摄影机车嘛！"阿坤回答。

成龙道："现在外边下雨，水滴到灯泡会爆的，所以不能打灯，到了天黑，我们的车子对着它，万一助手要拿什么零件，可以帮他们用车头灯照照。"

阿坤和我都没有想到这一点，因为当时天还亮着。

进入古堡的大厅，长桌上陈设着拍戏用的晚餐，整整的一只烤羊摆在中间，香喷喷的。饭盒子还没有到，大家肚子咕咕叫，但又不能去碰它，这就是电影。

镜头与镜头之间，有打光的空当，成龙没有离开现场。无聊了，他用手指蘸了白水，在玻璃杯上磨，越磨越快，发出"嗡嗡"的声音，其他初见此景的同事也好奇地学他磨杯口，嗡嗡巨响，传到远方。

我叫他去休息一下，他说："我做导演的时候不喜欢演员离开现场。现在我自己只当演员，想走，也不好意思。"

消夜来了，他和洪金宝、元彪几个师兄弟一面听相声一面挨干饭。听到惹笑处，倒在地上爬不起来。

天亮，光线由窗口透进来，已经是收工的时间，大伙拖着疲倦的身子收拾衣服。我向他说："我驾车跟你的车。"

"跟得上吗？我驾得好快哟，不如坐我的车吧。"他说。

他叫阿坤坐后面，自己开。车上还有同事火星，火星刚拿到驾照，很喜欢开车，成龙常让他过瘾，但今早他宁愿让别人休息。

火星不肯睡，直望着公路，成龙说："要转弯的时候，踩一踩刹车，又放开，又踩，这样，车子自然会慢下来。要不然换三波、二波也可以拖它一拖，转弯绝对不能像你上次开那么快，记得啦！"

"学来干什么？"火星说。

"你知道我撞过多少次车吗？"成龙轻描淡写，"我只不过不要你重犯我的错误。"

成龙继续把许多开车的窍门说明给火星听，火星一直点头。

　　"我们现在天时、地利、人和都在，所以我才讲这么多。有时，我想说几句，又怕人家说我多嘴，还是不开口为妙。"最后，他还是忍不住再来一句，"开车最主要的是让坐在你车子里的人对你有信心，他们才坐得舒服。其实，做人、做事都是这一道理，你说是不是？"

成龙：上次失败的镜头，
重新来过

我们在南斯拉夫拍《龙兄虎弟》的外景，已经拍了三个星期的戏，中间，成龙必须去东京宣传要上映的《龙的心》，他一去五天，我们只好拍没有他的戏，他一回来即刻要上阵，五天里，坐飞机来回已花去四十八个小时，这趟在日本时昼夜有记者招待会，够他辛苦。

精力过剩的他，不要求休息，当天拍了一些特写之后，接着便是难度很高的镜头。

外景地离市中心要四十分钟，那是座废墟。两栋墙中隔着一株树，戏里要成龙由这边的墙跳出去，抓到树枝，一个翻身，飞跃到对面的墙上。

由树枝到地面，有十五米那么高，地上布满大石头。为了要拍出高度，不能铺纸皮盒或榻榻米。

"行不行？"工作人员问。

"行。"成龙回答得坚决。

更高的都跳过，《A计划》和其他戏里的压轴场面比这更危险，成龙自己认为有把握做得出。

摄影机开动，成龙冲前，抓到树枝，翻到对面，一切按照预料的拍完。南斯拉夫工作人员拍掌赞好，但是成龙不满意，用他们的术语是动作"流"了，一举一动没有看得清清楚楚。

"再来一个。"

第二次拍摄过程是一样，动作进步了，已经很清楚，而且姿势优美，大家认为能够收工。

成龙的意见是，看准了目标跳过去，像是为做戏而做戏，剧情为被土人追杀，走投无路，慌忙中见那棵树而出此下策，所以最好是接他回头看土人已追到，再跳上树才更有真实感。

照他的意思拍第三次，一跳出去，刹那间，大家看到他抓不到树枝，往深处直落地掉了下去。

大概是成龙的本能吧。明明是头部横冲直下的，后来我们一格格地看毛片，成龙掉下去的时候还在翻身，结果变成背着地。

墙对面传来很重的咔嚓一声，我心中大喊不好。

成龙的爸爸也在现场，他心急冲前想看儿子的状况，要不是给南斯拉夫工作人员拉住，差点也跟着摔下去。

爬下围墙的时候，只求成龙没事，他已经摔过那么多次都安然无恙。冲前看到成龙时，才知道事情的严重。

成龙的身体并没有皮外伤，但是血，像水龙头一样地从耳朵流出来。他的头下面是块大石。

大家七手八脚地用最顺手的布块为他止血。现场有个医生跟场，他跑过来递上一团大棉花掩住成龙的耳朵。

"怎么样了？"成龙并没有晕迷，冷静地问道。

"没事没事，擦伤了耳朵。"化妆师阿碧哄着。

"痛吗？痛吗？"成龙爸爸急得不知说什么才好。

成龙摇摇头，血流得更多。

担架抬了过来，武师们把成龙搬上去："千万要清醒，不能睡觉。"

十几个人抬他到车上，这条山路很狭窄，吉普车才能爬上来，经十分钟才行大路。

崎岖颠簸下，血又流了，棉花一块浸湿了又换一块，成龙爸爸担心地直向他另一边的颊亲吻。

上另一辆快车，直奔医院，但是最近的也要半小时才能抵达，成龙一直保持清醒，事后他告诉我们他头很晕、很痛，很想呕吐，但还是强忍下来。

终于到医院，这段路好像走了半生。一看这医院，怎么这样的简陋和破旧。

冲进急救室，医生一连打了四针预防破伤风的药，再为成龙止血，可是血是由脑部溢出，怎么止得了。

"不行，一定要换脑科医院。"医生做了决定。

又经过一场奔波，到达时发觉这家脑科医院比上一家更破旧。我心中马上起了疙瘩。

过了一阵子，医生赶到，是一个外形猥琐的老者，满头凌乱的白发，那件白色的医袍看得出不是天天换的。

他推成龙进扫描X射线室，拍了数十张照片。

经理人陈自强趁这个时候与香港联络，邹文怀和何冠昌两位得到报告，马上打电话找欧洲最好的脑科医生。

这家医院的设备和它的外表不同，许多机器都是先进的。X光片出来后，医生们已组成一个团体，共同研究。

"病人的脑部有个四英寸长的裂痕。"医生以标准的英语告诉我们。

"流了那么多血有没有危险？"陈自强问。

"好在是从耳朵流出来。"医生回答，"要不然积在脑部，病人一定昏迷。"

"现在应该怎么办？"

"马上开刀。"老医生说，"病人的头颅骨有一片已经插在脑部。"

一听到要在这山旮旯的地方动手术，大家更担心起来。

"不开刀的话，血积在耳朵里，病人可能会耳聋，这还是小事，万一碎骨摩擦到脑，就太迟了。"那老医生说。

我们犹豫不决，但要得到成龙爸爸的许可，医生才能进行，怎么办？怎么办？开刀的话，一点信心也没有，手术动得不好那不是更糟。

长途电话来了，现在搬成龙去别的地方已来不及，由巴黎的国际健康组织介绍了南斯拉夫最出名的彼得逊医生开刀，必定没错。

"我们要由彼得逊医生动手术！"大家激动地喊，"快请彼得逊医生来，彼得逊医生到底在哪里？怎么找得到他？"

其貌不扬的猥琐老头微笑地对我们道："别紧张，我就是彼得逊医生。"

成龙的爸爸在证书上签了字。

彼得逊医生安慰道："请不用担心，这个手术说起来比碎了手骨脚骨更简单，问题是动在脑部，你们以为更严重罢了。"

说完，他把烟蒂摁熄，带领了一群麻醉师、护士和两个助理医生走入手术室。

一个钟头，过得像爬着般地慢，开这么久的刀，医生还说不严重。

手术室外有个小房间，里面有几名辅助护士在等待，有必要用到她们才进去。南斯拉夫人都是大烟虫，这几名女人大抽特抽，弄得整个小房间烟雾朦胧。

门打开，彼得逊医生走出来。

我们以为手术已完成，想上前去询问，岂知他向我们做了一个等一下的手势，向护士们讨了一根烟，点火后猛吸不停，抽完后才又回手术室去。

天哪！天下哪有这样的医生，要不是说他是名医，我们早就吓破了胆。

好歹又过了一小时，整队医务人员才走出来。

"情况怎样，医生？"陈自强问。

彼得逊摇摇头，大家都吓呆了。

"我从来没有看过这么样的一个病人。"彼得逊点了烟说道，"从他进院，照 X 光到动手术，血压保持一定，没有降过，真是超人，真是超人。"

"危险期度过了吗？"陈自强大声地问。

"度过了。不过要观察一段时间，看有没有后遗症。"

大家都松了一口气。

彼得逊又猛吸烟："你们在这里也没用。回去吧，病人要明天才醒。不用担心，保管他十天以后重获新生。"

护士把成龙推出来，我们看到他安详地睡着，像个婴儿。

病房是六个人一间的，环境实在太恶劣，陈自强吵着要换单人房，出多少钱也不要紧。

彼得逊又摇头摆手："紧急病房大家共用，不是为钱，为的是人道主义。"

彼得逊嘴是那么讲，但是第二天还是把成龙换到一个两个人的房间。

里面什么急救机器都齐全，以防万一，我们看这个情形，也不能再要求成龙住一间私家病房了。

护士们一面抽烟，一面啧啧称奇，我们去看成龙的时候，她们说："这位病人醒来还能吃早餐，而且胃口奇好，普通人现在只吐黄水。"

这一天，医生只让我们几个人看他，进入病房时要穿上特别的袍子，见成龙躺在床上，他爸爸又去亲他。他与我们握手，没有多说话，昏昏地入睡。

第三天，他开始头痛，这是必然的现象，医生说完，叫护士为他打止痛针。

每一次打针，成龙都感到比头痛更辛苦，这个人什么都能忍，就是讨厌打针。

有八个护士轮流地照顾着他，其中有一个特别温柔，打起针来也是她打得最不痛。可惜这个护士很丑。她有一个大鼻子，可能是因为这一点被成龙认同。

几天后，成龙已经可以说笑话了，他说都不辛苦，最难受的是醒来的时候，发现有两根管子，一根插入尿道，另一在后面，动一动就痛得死去活来。后来不用插管了，拔出来时更是杀猪一般的惨叫。

阿伦来看他，护士叫他在外面等，阿伦一边等一边吹口哨，是戏里两人建立感情的友谊之歌《朋友》。成龙在里面听到，便跟着把歌哼出来。

香港媒体方面起初以为这是小伤，因为传说成龙已经能够又唱歌又跳舞了，这是错误的消息，因为当时医生还不知他治好之后会不会变成白痴。

过了一星期，彼得逊见他恢复得快，便为他拆了线，是分两次进行，先拆一半，停一天，再拆另一半。缝了多少针，大家都不敢问。

"可以出院了。"彼得逊说，"相信酒店环境比这里更好。"

伤了这么久才发消息，是因为不想惊动成龙在澳大利亚的老母亲。

我们三星期后继续拍摄，不影响戏的质量，上次失败的镜头，还要来过。成龙说。

倪匡：思想配额越储蓄越精彩

倪匡兄说他不饮酒，不是戒酒，而是喝酒的配额已经用完。

老人家也常劝道：人一生能吃多少饭是注定的，所以一粒米也不能浪费，要不然，到老了就要挨饿。

以寓言式的道理来吓唬儿童，养成他们节约的习惯，这不能说是坏事。

最荒唐的是，你一生能来几次也是注定的，年轻时纵欲，年纪大了配额用完就不行了！

哈哈，这种事，全靠体力，不趁年轻时干，等到七老八十的，还过什么干瘾？

如果能透支，那么赶快透支吧！

要是旅行也有配额的话，也应该和性一样先用完它。年轻人背了背囊到处走，天不怕地不怕，袋子里少几个钱也不要紧。先见识，结交天下朋友，脚力又好，腰力也不错，遇到喜欢的异性，来个三百回合，多好！

年纪一大，出门时定带几张金卡，住五星级酒店。但是已不能每一个角落都去，拍回来的照片都是明信片上看过的风景。

大鱼大肉的配额也非早点用完不可。到用假牙时，怎么去啃骨头旁边的肉？怎么去咬牛腿上的筋？怎么去剥甘蔗上的皮？

老了之后粗茶淡饭，反而对健康有益。

在床上睡觉更是能睡多久是多久。老头到处都打瞌睡，车上、沙发上、饭桌上，但是一看到床，就睡不着，这个配额绝对用不完。

我一直认为人体中有个天生的"刹车系统"，等到器官老化不能接受某些东西的时候，自然便会减少。倪匡的酒也是一样的。他并非用完配额，而是身体已经不需要酒精。

这些日子以来，我自己喝得酒也比以前少得多，我觉得是很正常的。我的肝脏已经告诉我，喝得太多不舒服。而不舒服，是我最讨厌的，尽量去避免，不喝太多的酒，不算是一个很大的代价。

烟也少抽了，绝对不是因为反吸烟分子的劝告，他们硬要叫我戒烟，我会听从的话，那是来世才能发生的事。

白兰地酒一少喝，身体上需要大量的糖来补充失去的。

倪匡一不喝酒，就大嚼吉伯利巧克力和Mars糖棒。一箱箱地从批发商处购买，满屋子是糖果。

我也一样，从前是绝对不碰一点点甜东西，近来也能接受一点水果。有时看到诱人的意大利雪糕，一吃就是三英磅。

那么胆固醇有没有配额呢？当然没有啦！在不懂得什么叫作

胆固醇的贫苦六十年代，猪油淋饭，加上老抽，已是多么大的一个享受！

而且，胆固醇也分好坏，自己吃的一定是好的胆固醇。

年轻时，看到肥肉就怕，偶尔被老人家夹一块放在饭上，瞪了老半天，死都不肯吃下去。现在看到炖得好的猪蹄，上桌时肥肉还像舞蹈家一般地摇来摇去跳动，看得人口水直流，不吃怎么能对得起老祖宗？

胃口随着年龄变化，老了之后还怕胆固醇就太笨了，现在的配额，取之无穷，用之不尽。快点吃肥肉去吧。

那么因为胆固醇太高，得心脏病怎么办？

肥肉有配额的话，寿命也有配额。阎罗王叫你三更死，你也活不过五更。

因为胆固醇过高而去世的人，也是注定要死的呀！白饭就没有胆固醇了吧！白饭吃太多也会噎死人的呀！

"最怕是你死不了，生场大病拖死别人倒是真的！"老婆大人狂吼。

迷信配额，应该连生病也迷信才对。

儿女一生下来，赶快叫他们来场大病，那么长大之后，生病的配额用光，什么淋巴腺癌、食道癌、鼻癌、胃癌、肝癌就不会生了。老婆大人，您说是不是？

穿的、用的、住的、行的都有配额？即使我这么相信，思想也绝对没有配额了吧？

各种配额能用完，思想配额将会越储蓄越精彩。所谓思想储蓄，是把你美好的时光记下：印度的泰姬陵、埃及的金字塔，还有威尼斯、伦敦、巴黎、纽约和香港等城市，都是丰厚的储蓄，还有数不尽的佳酿，还有抱不完的美人。只有在生命终结时，思想的储蓄才会消失。

到了那个关头，病也好、老也好，带着微笑走吧。哪会想到什么胆固醇？

身外物、体中神，一切能够想象的配额，莫过于悲和喜。

小孩生了出来，从幼儿园开始被老师"虐待"，做事被大家打小报告，老婆的管束，养育子女的经济压力等，我们做人，绝对是悲哀多过欢乐。

虽然，中间有电子游戏机或木头做的马车带来一点点调剂。还有，别忘了，那么过瘾的性生活！除此之外，我想不到做人还有任何太值得庆幸的事了。

把悲和喜放在天平上，我们被悲哀玩弄得太尽兴！如果人生真的有配额，那么我们的死，一定是大笑而死的！

周璇：认真，认真，万事认真

谈娱乐月刊，或八卦周刊，常有影视明星的访问，一大篇，废话连篇，比起以往的演员，实在差得远。

现在录一段一九四九年一群记者访问周璇的问与答，给各位做个例子。

问：能不能告诉我们关于你的身世、籍贯及通信处？

答：早年失怙，萱堂健在。原籍广东，年近三旬。现在
    上海。

问：你的歌喉是天生的还是苦练而成的？怎样保护？以你的
    意见，"金嗓子"还能保持多久？

答：既非天生，也非苦练，我也不懂怎样去保护。"金嗓
    子"愧不敢当，反正能唱一天就多唱一天。

问：你和白杨是学生们最喜欢的女演员，大家羡慕你，你高兴吗？

答：当然高兴。大家羡慕我，我羡慕他们，他们是一群时代骄子。啊，论学生生活，我是一个失学的人。

问：人家称你为"金嗓子"，当你唱歌的时候，你认为你有什么特殊的地方，请你坦白说，是否"名副其实"？

答：只有惭愧。唱时没有什么特殊的地方，不过在我未唱之前，总是先体会一下歌词的意义。"名副其实"是你们的夸张。

问：你的人生观如何？

答：做人不是一件容易的事，所以要好好地做到像一个人。

问：如果有人在报纸上说你不喜欢的事，你生气吗？

答：假使有像你所说的事，我绝不生气。心地坦白，何畏人言，对吗？

问：你从影以来，喜欢和哪一位男明星合演？

答：演员以服从为天职，怎容私见呢？

问：你的影坛生活有没有受到意外刺激，能不能告诉我们一些？

答：背一句古语作为答复吧："不如意事常八九，可与语人无二三。"

问：你献身影界已很久了，曾感到一个电影演员对国家民族的责任是什么吗？

答：请多多指示。我在这里，向你立正敬礼。

问：请问你为何要和严华离婚？

答：请你原谅，免谈往事，好吗？

问：那么谈现在的事，严华又结婚了，你有何感想？

答：世界上或许多了一个美满家庭吧。

问：大部分明星都离婚，是不是多在自我宣传？

答：仁者见仁，智者见智，似是而非。

问：你还没有拍电影之前的思想是怎么样的，拍了之后呢？

答：未上影坛之前，我还小，根本谈不上有什么思想；献身银幕后，越演就越害怕，因为凡事不进则退。

问：你平时喜欢和什么人接近？你讨厌哪些人？

答：人人为我，我为人人，说不上喜欢和讨厌。

问：你是怎么学唱歌的？

答："曲不离口"而已。

问：你相信命运吗？

答：可信而可不信，不可全信，不可不信。

问：做一个明星要在艺术上有所成就，是否受年龄限制？

答：不一定这么说，我认为一个对事对人认真的人，是无可
限制的。

问：做一个优秀的演员，应具有什么基本条件？

答：认真，认真，万事认真。尊意如何？

给不认识周璇的年轻人，这是她的简介：生于一九一八年，
她以《马路天使》一片一举成名，片中所唱《四季歌》与《天涯
歌女》风靡多年，其夫严华因怀疑她与名演员韩非有染而离婚。

后来她与姓朱的同居，被骗家产，最终因精神错乱自杀而
死。当时她只有四十一岁。

黑泽明：只想拍对得起观众的电影

　　黑泽明的电影，很适合外国人看，将之改编为西片的有《罗生门》和《七武士》等，后者的大侠锄强扶弱题材，更成为电影电视剧本的主要公式，变幻出数不尽的片子片集。

　　外国人改他的东西，他改外国人的戏。《蜘蛛巢城》就是来自莎士比亚的《麦克白》。片中有一场用箭射死男主角的戏，他叫了全国的神箭手到片场，射出真家伙。三船敏郎虽然穿着防身甲，但脸部不能遮掩，把他吓得流尿，可见导演对戏的要求，拍出来果然有魄力。工作人员叫他作"天皇"。

　　不过，日本人似乎不太欣赏黑泽明，可能是他的国际味道重。当年在日本，逢纯日本化的巨匠沟口健二去世，读《朝日新闻》，有一段"黑泽明死了，我们还有第二个，失去沟口，再也找不回来"的报道。黑泽明听了该多伤心。

　　黑泽明常淡淡地说："我并非什么完美主义者，只想拍对得起观众的电影。"

　　《恶人睡得香》（即《恶汉甜梦》）一片的男主角很像哈姆

雷特，他是一个有野心的青年，为了报父仇，不惜与敌人的大企业家为伍，并娶了他跛脚的女儿，借此势力，他将仇人一个个消灭。他唯一的缺点是对妻子产生了真正的感情，正当他要杀死企业家的时候，他的妻子为了救父而出卖了他，结果他死在了企业家手中。孤零的老婆，不但是脚部残废，连内心也残废了。

在片中，恶人得到最后的胜利，好人的死亡是因为他还对人类有感情、有爱。黑泽明的艺术造诣便是动人地把这反面的悲剧概念告诉观众。不过，这太难于被一般人接受，他只有用娱乐的手法和技巧去推销。

丁雄泉：不期望成为大师，
心里便没负担

丁雄泉先生的画室，广阔无比，还在嗅觉上留给人一个深刻的印象。

这都是因为丁先生喜种洋葱花，买的种子很大，有婴儿的头那么大。这种洋葱头一开就是八大朵红花，他一种数十头，这边开完那边开，永远有灿烂的花陪着他。

洋葱头种在浸湿的泥土之中，产生一股强烈的味道，和切完洋葱留在手上的味道一模一样，闻惯了还觉得蛮有个性的。

最近他还作些小画，画在小块的油布上，摆在书房，整面墙壁生色。丁先生要我带一张回来送黎兄。我很喜欢，但没有向他开口。我这个人一贯不大向人讨东西，像从前在冯康侯老师处学写字，如果他不主动送我，我不会出声。

丁先生送我的acrylic颜料我倒是欣然接受了，有些紫色是他自己特别请法国的漆厂调配的，店里买不到。

"这些颜料，够你画几百条领带了。"丁先生笑着说，"既然你已经开了一间杂货铺，不如拿去卖。钱是另外一个问题，将作品分给大家欣赏，自己也有满足感。"

我最喜欢丁先生画的领带，上一次去阿姆斯特丹做电视节目，穿了一套白西装，普通得紧，但是一打他送我的领带，路过的人一看，都回头，有些还赶上来问我在什么地方买。

领带是用acrylic画在白色底上的，这种颜料很特别，能溶于水，像水彩一样用，但是干了之后，被雨淋湿了也不会掉色。

丁先生虽然说大家作风不同，怎么画也不要紧，但我只是一味抄袭。不期望成为大师，心里便没负担。做人，逍遥快活最要紧。

辛德信：不做野心家，而是做个欲心家

如果你第一次遇到辛德信，又不知道他是何方神圣，一定会被他吓一跳。

六尺以上的高度，年龄已六十多岁，还是一头乌黑的零乱头发，辛德信是位混血儿，他从口袋中掏出皮制的雪茄盒子，对它吻了又吻，然后拿到脸上擦了又擦，再做几个爱得抽筋的动作。抽筋，并不是形容词，他本人经常抽筋：缩缩颈，摇摇头，大叫"叶比（Yippee），世界和平（Caramba）！祝福你（Blessings）！太妙了（Fantastic）！"

猛抽几口雪茄后，他便拿着烟头到处涂鸦，菜牌、餐巾，无处不是他的画布。突然，他爬上椅子，在人家的横梁上勾了几笔，等他坐下，梁上已出现数匹在飞奔中的骏马。欣赏他的作品的人爱得要命，但是餐厅老板多嫌脏，吩咐工人将它漆回白色，"斗记"的老板就是其中之一，可是下次辛德信光顾，又画数匹。

辛德信抽的是数千块一盒的大Punch'N Punch雪茄，挥霍地拿来当画笔。家中养的猫，吃的东西由文华酒店叫来，他自我解释："花不必要花的钱之后，我会画得更好！我认为只是对我自己的一个交代，我总需要一点火花来当刺激，有时也不一定是贵的，像刨一支未削的铅笔，穿一条新的底裤，或者读到一篇好文章，我也痛快得要命！"

如果留意一下，会发现他的作品常在你身边出现：文华酒店西餐厅外面那几幅大壁画，国泰航空公司的飞机里，盖住电视荧光幕那幅骏马图，前奔达中心、今日的力宝大厦的大型浮雕等。

新加坡的希尔顿酒店前面的石壁，一共有四千平方尺以上的雕塑，都是他的手笔；伦敦的莎威酒店大堂、纽约的泛美大厦中皆挂着他的画。北京的和平饭店和国际机场也有浮雕，甚至西班牙巴塞罗那未完成的圣教堂，也请他去设计彩色玻璃窗。著名画评家的评述："辛德信是东方艺术奇才的化身，他的雄浑奇伟的笔触、出神入化的构想、超凡脱俗的风格，使作品闪耀着色艺的光芒，画中尽管是细微的箫、鼎或旌旗，也是璀璨夺目的，而且蕴含着非凡的意境。"

另一位说："辛德信的作品表现着蒙古骑士的剽悍精神，在其豪迈雄浑的气派中，又能充分显现细腻精致的线条美，他的画奔放着炽热的感情，原始的狂野，但其色彩与画面又蕴含着梦幻般的和谐。"

这些评悟，辛德信当成耳边风，他只是一个不断地创作的大孩子，喜欢脱光衣服趴在画布上作画，这样才有与作品融合的亲切感。

你说他狂吗？他的作品表现出疏又何妨、狂又何妨的境界。要是你认识他，便知道他有时谦虚得要命，还像一个儿童一样地害羞呢。

不过性在他的作品中占着很重要的部分。他也不介意地告诉你，他是画裸体画起家的。当年辛德信的爱尔兰父亲跑到吉隆坡去创办《马来邮报》，认识了槟城来的中国大家闺秀，两人冲破种族歧视结婚后生了他，小时候辛德信在新加坡是拉小提琴的，但是交响乐团没有经费完结后，他便以画裸像得到荷兰航空公司的奖学金去西班牙进修。

至今，辛德信还是对裸女有无限的爱好。

作画之前，他却不做性事，他说："像一个出征的兵，要保有作战的愤怒和精力才行。"

虽然这么说，性还是一直围绕着他，他也不讳言地说："人家去做他们的野心家，我做我的欲心家！"

辛德信的画都是私人珍藏的居多，他反对把画挂在博物馆里，他说那已经死了。他喜欢欣赏他的人摸他的画，所以你到文华酒店摸他的壁画，酒店经理抗议的话，你尽管可以说画家本人是同意的。他自己也常去又摸又吻，他说："反正挂在餐厅外，被冷气和厨房的油烟都弄坏了。"不过请别担心，他会去修理的。他说过："只有我才可以修好，因为我的技巧很特别，我的画材混合了蜡、鱼、胶、蛋黄、沙、铁片、木屑、枯叶，等等。”

辛德信的浮雕也将任何材料都派上用场，这也许是受了西班牙的艺术家高迪的影响吧。高迪最喜欢把破烂的陶瓷、士敏土等混合来用，错综复杂得不得了。崇拜高迪的人，也会因此喜欢上辛德信的作品。

现在他的画要卖到十万美金一幅吧。贵吗？一点也不贵，比起卖上百万港币一幅的某某之流，还有许多经不起时间考验的画家，我的头摇个不停。香港藏家对辛德信的认识并不够，他的确是一位在鉴赏上和保值上都有价值的艺术家，不过十万美金还是许多人买不起的。

“你为什么不画一些简单一点的，卖得便宜一点的画，让大家来分享分享呢？”我问他。

“比方说？”

“比方说画一百幅佛像呀，比方说画一百零八幅代表烦恼的恶魔呀！”我说。

“啊，佛像！我一定画！我一定画！我画的佛像，由佛的眼神走出一块福地！佛的微笑中是天堂，声音中是喜悦；我像是和神明同坐在一起，我尝试到大地的极乐！”辛德信大叫。

和他谈天，不必喝酒，已醉。

蓝真先生：淡散生涯似神仙

蓝真先生，人与名字一样，很真。

自从一九四六年加入三联书局后，就一直做到现在，没退休过，还是香港联合出版集团有限公司的荣誉董事长。

今年八十多了，讲起话来还是那么大声，笑起来像个儿童，酒愈喝愈猛，时常说："办出版的，需要一点勇气才行。"

认识蓝先生，是由家父介绍的，他来香港时常与好友吴其勉先生相聚，蓝先生参加了。蓝太太李慧姐也来，发现跟我是同行，当年她负责清水湾片厂，我则在邵氏做事，相谈甚欢。

蓝先生一生爱书，所阅无数，却谦虚地："我是一个看书人，不是一个读书人。"

诗词之中，蓝先生甚爱臧克家先生作品，尤其是他的爱情故事长诗：

开在你腮边笑的花朵，

它要把人间的哀愁笑落，

你的眸子似海深，

从里边我捞到了失去的青春。

爱情从古结伴着恨，

时光会暗中偷换了人心；

我放出一匹感情的野马，

去追你的笑，你的天真。

当年，蓝先生暗恋着一个女孩子，他说："我就放出了感情的野马！"

写信给对方，想不到她也爱这首长篇诗，但战乱令他们分离十年，大家见面时，就成了现在的蓝太太了。

蓝太太也很真，爱读冰心，那时候我还年轻，认为冰心老土，当今重读，发现冰心也是真。那些什么心灵鸡汤，都不够冰心的浓。

蓝先生夫妇有四位子女，八个孙儿外孙，他们在清水湾和尖沙咀各有一个家，这里玩玩，那里住几天，每日晨泳，过得逍遥自在。

在蓝先生八十二岁的生日时，他作了一首打油诗："八二至矣心有闲，淡散生涯似神仙；早浮海波五百呎，午耍麻雀七八圈。晚啜红酒二三盏，夜读《聊斋》一二篇；清水湾头好风景，云卷云舒又一年。"

蔡志忠：对一切物品都爱惜与珍重

　　蔡志忠已不必我多介绍，凡是爱书的人，都会涉足他的作品。一早，他已洞悉年轻人看漫画的倾向，以最浅白和易懂的说故事方式，将所有的中国文学巨著改为图画，深入民心。

　　他的作品已在三十一个国家和地区出版，总销量超过三千万册，内地的书迷众多，杭州市最近还批了一块地给他，他在那里创立了"巧克力国际动漫"，将计算机动画植入手机里面，随时下载。

　　他的记忆力厉害，向我说："三十几年前我在日本住下，在东京的邵氏办公室书架上看到你的书，有一篇写关于汉江船夫的散文，那种情景，真令人羡慕，我去了韩国之后，已找不到了。"

　　他在中国台北的工作室就在一个市中心的大厦里面，住宅在楼上，不太让人家去，我十多年前来过，记得是全屋挤满佛像。

　　"现在有多少尊了？"我问。

　　"三千多。"他笑着说，"我一生画漫画赚到的钱，还只有收藏佛像后升值的十分之一。"

客厅墙边，书架上，书房周围，甚至卧室里，都是钢制的佛像，有些精致万分，头发一根根，衣服上的刺绣一条条分明，美不胜收。

"你睡在哪里？"我问。

他指着被佛像包围的三张榻榻米："遇到地震，佛像掉下，被压死了，也是一种相当有趣的走法。"

知道我最爱读《聊斋》，他从书架上拿下一册，连同新书《漫画儒家思想》上下册，在插页上画了两幅画送我。见他的彩笔都愈用愈短，刨得像迷你佛像，感觉到他对一切物品的爱惜与珍重。

"最近忙些什么？"我又问。

"研究物理学。"说完他拿出多册分子和量子的笔记，图文并茂，看得差点把我吓倒，这个人肯定不是正常人，是外星人。

曾希邦：和大伙儿交流是必需的

老友曾希邦先生，是位做学问很严谨之人，一生从事翻译工作，造诣颇深，也曾任报纸编辑数十年，所有标题，经他一改，哪像当今香港的新闻那么拖泥带水又不通。

退休后，希邦兄研究摄影，精美相机数十架，轮流摩挲，玩个不亦乐乎。为了不让记忆力衰退，他能背诵辛弃疾的诗词上百首，也是我极佩服的事。

近年来学习计算机，我们的交流从书信转为传真，再由传真变为电邮。为了更迅速联络对方，我觉得还是引诱他玩微博，随时可以互相传递讯息。

对微博不熟悉的人，觉得要注册一个账号，是非常麻烦的事，我起初也是那么想。如果是做学问的话，花时间学习和研究是可以的，但如何上微博，像买了一个相机要看那本很厚的说明书一样，不值得花时间。

所以我先请一位叫杨翱的网友代为指导，从一二三做起，一一传授步骤，最终也学会进入了。

要是用iPhone手机的话，那更是易事，在APP中打入weibo的字样，马上出现一个像眼睛的符号，可当首页的icon，一按即出几个空栏，填上你的账号和密码，便可以注册成为微博的网友。

最初，我们互相通"私信"，他不知道怎么收发，我教他："先点击信箱，那个画着邮筒的符号，就可以进入看三个栏目的网页，第一个是'@我的'，第二个是'评论'，第三个就是'私信'了。"

通了之后，我接到他的私信，微博的这个功能可以不必让其他人看到，只要你在对方的页面上按了"关注"二字即可。

"玩微博真过瘾！"是他给我发的私信。

"私信"之外，大家都能观赏的是发在"首页"上的文字，希邦兄发至当今的，共有六十五条。

第一条是："'秀''粉丝''血拼'等字眼的频繁出现，显示中文受污染的程度，已相当严重。采用这一类的音译外来语，是赶时髦，还是想改革古老的中文？"

一下子，三十九个网友的评论"杀"到，有些表示赞同，有些表示反对，大家的文字运用皆有水平，录几段：

"这只是异域文化在融合所产生的吧，不一定是污染那么严重。

"血拼是多么生动啊，言和意都译到了。我不反对类似这样的外来语，世界大同，也有中国词汇传入外国嘛，无须太介怀。"

"网络的强大抵挡不了这些词语，它能迅速地消除彼此的陌生感，但是，坚信严谨的中国文字仍然占主流，大可不必惊奇。"

总括起来，大家的语气还算客气，但也有些不怀好意的，我们都叫这些人为"脑残"。"脑残"说："守旧之人必遭历史淘汰！"

"现代用的白话文对于文言文来讲，难道就不是污染？杞人忧天！"

希邦兄感慨地说："破题第一遭上微博，略抒有关音译外来语，居然引起众多网友的关注，使我颇感意外。这种热烈反应，也就是微博最令人着迷之处。"

另外，他有这种感想："微博像老舍先生写的《茶馆》，在这里面，我跟别人嚷嚷，凑热闹。在这里，我说我讨厌音译外来语，我抱怨这，抱怨那，乱说一通。于是，招来了争执和指责。指责、争执、谩骂、赞扬，都是茶馆里常见的现象，嘻嘻哈哈一阵，事后烟消云散，不必挂在心上，我不会像唐铁嘴那样，被王掌柜撵走。"

我的脾气可没希邦兄那么好，到这年纪了，还听什么冷言冷语？所以我的微博设立了一群护法，是一直关心我的网友，他们撵走"脑残"。

说回希邦兄的微博，关注他的网友愈来愈多，短短一两个月，已有七百多人，他的回复也多了，其中一条说："在微博大茶馆的阴暗角落里，坐着一个白发老头，正在喃喃自语。那老头就是我。我看着刘麻子、松二爷、常四爷等诸多人物，忙着串戏，不敢惊动他们，可是，掌柜的跑来对我说：'别愣着，跟大伙儿谈谈去。'我想，这也好。是的，和大伙儿交流是必需的。"

众网友的评论又"杀"到：

"能在微博遇见您，深感荣幸。"

"这有清茶和大扁儿伺候着您。"

"期待您更多只言片语，多给我们年轻人一些智慧的分享。"

我想，最令希邦兄哭笑不得的是，当他开始在微博上发布信息时已经八十六岁了，忽然有位小朋友说："爷爷，您很潮！哈哈。"

倪夫人：永远知道自己的钱在哪里

"雷曼兄弟公司倒了，美国还有那么多家房地产公司和银行都出了问题，几亿亿的钱，总会给别人赚去，或者说给什么人骗去。"

"那到底是什么人呢？"倪匡兄问。

我对金融一点也不感兴趣，不多做研究："我也不知道呀！"

后来问了几位朋友，也都说不知道。

"美国一出现问题，香港第一个有反应，像东亚事件，大家争着去拿钱，后来才知只是谣言，但也证明香港人极度敏感。"

"德国银行出毛病，倒是真的，要政府出钱去救。"我说。

倪匡兄摇头叹息："美国也要政府去救，布殊最初提出的方案只有三页纸，要是实时通过，也许会渡过难关，但给国会那么一拖再拖，最后加了几百个条件，由三页纸变成二百多页，现在要救也救不了。钱，我想就是给那些官僚拖到不见的。"

"其实雷曼兄弟公司不仅仅是一家银行，还是一家投资公司。投资总有风险，不过他们推销的手法不正当罢了。"我说。

“你呢，有没有投资？有没有买股票？”

“我不买基金，也不买股票。”

“你真聪明，当今现款抓在手上的人最厉害。”倪匡兄的高帽戴过来。

“抓在手上？还不是放在银行，万一有毛病，血本无归。”我坦白地说。

“香港的银行不像美国的，美国的政府可以做担保，有问题的，政府赔你十万美金。”

“你更聪明，去到美国，带了那么多钱，每家存十万。”我的高帽送回去。

“那是倪太决定的，是她的功劳。她到银行，我做陪客。她说要存钱，也要存进一家有职员会说中国话的银行。”

最后是倪太最厉害，永远知道自己的钱在哪里。

王尔德：要批评人生是一种荒唐的态度

王尔德在《道林·格雷的画像》序中说："艺术家是美的创造者。没有所谓有道德的书，或不道德的书；只有写得好与写得坏的分别罢了。"

他的一些观点，不论好与坏，都与众不同。

处事：我对任何事都没有赞同或不赞同。要批评人生是一种荒唐的态度。人到世上不是来创造道德的偏见。庸俗的人讲话我从不注意，有趣的人所做的事我从不干扰。如果我喜欢一个人，不管这个人用什么方法表现自己，我都欣赏。

青春：要获得青春，那么我们必须重复以往所做的蠢事。

价值：现代人知道每一种东西的价钱，但不懂每一种东西的价值。

男人：一个主宰自己生命的人，可以很容易地丢弃悲怆，也同样容易地创造欢乐。

女人之一：只要一个女人看来比她的女儿还年轻十岁，她一生便不抱怨。

女人之二：女人改变男人的唯一手段，就是将他们闷个抽筋，对一切都失去兴趣。

女人之三：怀旧的好处是事情已成为过去。但女人从来不知道何时闭幕。当戏已演完，她们还坚持看下去。要是让她们随心所欲，那么每一出喜剧就变成了悲剧收场，每一出悲剧都变成滑稽戏了。

恋爱之一：当一个人恋爱的时候，这个人开始时欺骗自己；结束时欺骗对方。

恋爱之二：一生中只恋爱一次的人，是浅薄的人。此种人认为的诚实和忠心，在我看来是一种死沉沉的习惯，缺乏幻想。

婚姻：男人结婚，是因为他们疲倦；女人结婚，是因为她们好奇。结果两者都失望。

孩子：孩子开始时爱他们的父母，长大后批判他们，有时还原谅他们。

诱惑：消除诱惑的最佳办法，就是向诱惑屈服。不然，你的灵魂会生病。

影响：一个人绝不能影响另一个人，这个人只可以将另一个人内心所有的东西引导出来罢了。

古龙：赚钱要赚得愉快，花得愉快

　　古龙的武侠小说大家看得多，原来他也写过一些散文。记得有一本《谁来跟我干杯》由天津百花文艺出版社出版发行，有根有据，大概不会是盗版吧！

　　全书分两个部分。前编的《人在江湖》是随想，后编的《谈武侠小说及其他》是古龙的读书心得。

　　和小说不同，散文文字最能洞悉作者的心声，不能掩饰自己，古龙在一篇叫《却让幽兰枯萎》的文章中提到他一生中没有循规蹈矩地依照正统方式去交过一个女朋友。

　　他说风尘女子在红灯绿酒的互映之下总显得特别美，脾气当然也没大小姐那么火暴，对男人总是比较柔顺。

　　但是，风尘中的女孩，心中往往有一种不可告人的悲怆，行动间也常会流露一些对生命的轻蔑，变成什么事都不在乎。所作所为，带着浪子般的侠气。

　　古龙形容的这一行业的女性，是那么的贴切，真是服了他。

　　别人还正常背着书包上学，古龙已经"落拓江湖载酒行"

了。对于本身身体中就流着浪子血液的孩子来说，风尘女子的情怀，正是古龙追求的。

十里洋场之中，更少不了酒。古龙说他开始写武侠小说，就开始赚钱，而一个人如果只能赚钱而不花钱，不如赚得愉快，花得愉快，同样地，酒也要喝个愉快。

古龙喝酒是一杯杯往喉咙中倒进去。是名副其实地"倒"。不经口腔，直入肠胃。这一来当然醉，而大醉之后醒来，通常不在杨柳岸，也没有晓风残月，就是感到头大五六倍。

黄太太：六十多岁，还卖白兰花

我对白兰花的迷恋有增无减，在九龙城街市买完菜，就走过衙前塱道口，在七十一角落铺的隔壁田记花店买几朵，才上班去。

可惜此花有季节，每年开两次，夏天和深秋，过了那段时期，只有想念了。

今天习惯性地走过花档，竟然让我发现了。寒冷的岁暮，怎会有白兰花？

"泰国空运来的。"黄太太说。

啊，怎么我想不到？那边热带，白兰变了种，一年四季都开。

那么微小的东西，装在透明塑料袋中，一共五朵，背后还用一片剪成弧形的香蕉叶衬着，卖四块钱。

"一箩箩用冰雪住，不然很快坏掉。"黄太太解释，"我知道你爱白兰，特地进货。"

真感谢她的好意，黄太太在这里开档（粤语，指做生意），也有三十多年。已经六十多岁的她，前几年先生过世，儿子手不方便，在家。黄太太和儿媳妇两人守着档口。婆媳之间关系，特别良好。

"从哪里买的？"我问。

"花墟呀。"她说，"每天五点钟就去采购，我住在马鞍山，三点多就起床。"

"哇，"我问，"那么几点收档？"

"晚上八九点，"她说，"我睡得少。"

看见一盆盆的年花和橘子连着花盘，搬运起来也不容易。

"是花墟的人运来的？"我问。

"不。"她指着停在档前的面包货车。走前一看，里面载满了花。

"谁驾？"我问。

"我自己呀！"黄太太笑着说。

档边常摆着五六张空椅，任由七八十岁的老先生老太太休息，是黄太太从垃圾堆中捡回来的。

黄太太说："和他们聊天，我觉得很年轻。"

蔡澜：平生做过的事，
负责就是

申请到澳门居住，官方要我一个履历。至今幸运，从未求职，不曾写过一篇。当今撰稿，酬劳低微，与付出之脑力、精力不成正比，既得书之，唯有借助本栏，略赚稿费，帮补帮补。

蔡澜，一九四一年八月十八日出生于新加坡，父副职电影发行及宣传，正职为诗人、书法家，九十岁时在生日那天逝世。母为小学校长，已退休，每日吃燕窝喝XO干邑，九十几岁了，皮肤比儿女们白皙。

姐蔡亮，为新加坡最大学府之一南洋女中的校长，其夫亦为中学校长，皆退休。兄蔡丹，追随父业，数年前逝世。弟蔡萱，为新加坡电视台的高级监制，亦退休，只有蔡澜未退休。

妻张琼文，亦为电影监制，已退休，结婚数十年，相敬如宾。

蔡澜从小爱看电影，当年新加坡分华校和英校，各不教对方语言。为求听得懂电影对白，蔡澜上午念中文，下午读英文。

在父亲影响下，看书甚多，中学时已尝试写影评及散文，曾记录各国之导演监制及演员表，洋洋数十册。资料甚为丰富，被聘请为报纸电影版副刊编辑，所赚稿费用于与同学上夜总会，夜夜笙歌。

十八岁留学日本，就读日本大学艺术学部电影科编导系，半工半读，得邵逸夫爵士厚爱，命令他当邵氏公司驻日本经理，购买日本片到香港放映。又以影评家身份，参加多届亚洲影展为评审员。当年邵氏电影愈拍愈多，蔡澜当监制，用香港明星，在日本拍摄港产片。后被派去韩国某地和中国台湾省等地当监制，其间背包旅行，流浪多国，增广学识。

邹文怀先生自组嘉禾后，蔡澜被调返香港，接他担任制片经理一职，参加多部电影的制作，一晃二十年。

邵氏减产后，蔡澜重投旧上司何冠昌先生，为嘉禾之电影制作部副总裁，其间与日本电影公司拍过多部合作片。成龙在海外拍的戏，多由蔡澜监制，成龙电影一拍一年，蔡澜长时间住过西班牙、前南斯拉夫、泰国和澳大利亚，又是一晃二十年。

发现电影为群体制作，少有突出个人的例子。又在商业与艺术间徘徊，令蔡澜逐渐感到无味，还是拿起笔杆子，在不费一分的纸上写稿，思想独立。

《东方日报》的龙门阵、《明报》的副刊上，皆有蔡澜的专栏。《壹周刊》创办后，蔡澜每周二篇，一篇为杂文，一篇为食评。也从第一天开始在《苹果日报》写专栏至今。

写食评的原因是老父来港，饮茶找不到座位，又遭侍者的无礼，于是发愤图强，专写有关食物的文章，渐与饮食界搭上关系。

蔡澜的食评的影响力，让众多餐厅将其文章放大打印作为宣传海报，有目共睹。

报纸和杂志的文章结集为书，二十多年下来，至今已有一百种以上，销路如何，可从出版商处取得数据。蔡澜知道的是其书被内地大量翻版，年前香港"中央图书馆"亦曾收集翻版书数十种，供应商被海关告发定罪。

十多年前与好友倪匡及黄霑制作电视清谈节目《今夜不设防》，收视率竟超过70%。后来又在电视上主持《蔡澜人生真好玩》，得到好评，继而拍《蔡澜叹世界》的饮食及旅游节目，由此得到灵感，从影坛退出后办旅行团，以带喜欢美食和旅行的团友们到世界各地吃吃喝喝为生。

之前，蔡澜参加过香港电台的深夜广播节目，由何嘉丽训练其广东话，对后来的电视节目甚有帮助，所操粤语方被人听懂。

香港电台每周一的《晨光第一线》中，蔡澜由各地打电话来做节目，名为《好玩总裁》，多年来未曾中断。

任职嘉禾年代，何冠昌先生有友人开茶叶店，想创品牌茶种，请教蔡澜意见，他调配了玫瑰花、枳椇和人参须，以除普洱茶的腐味。提供给订茶商，被认为低级，不被接受。蔡澜因此自制售卖，命名"暴暴茶"，有暴饮暴食都不怕之意。商品进入日本，特别受欢迎，在横滨中华街中，出现不少赝品，亦为事实。继而蔡澜出品了饭焦、咸鱼酱、金不换酱等等产品。

日本方面，富士电视制作的《料理铁人》，邀请蔡澜当评委，多次国际厨师比赛都由他给分，所评意见不留余地，日本称他为"辛口"，很辣的意思。

数年前，红磡黄埔邀请蔡澜开一家美食坊，一共有十二家餐厅，得到食客支持，带旺附近，新开了三十多家菜馆。

闲时，蔡澜爱书法，学篆刻，得到名家冯康侯老师的指点，略有自己的风格。西洋画中，又曾经结识国际著名的丁雄泉先生，亦师亦友，教授其使用颜色的技巧，成为丁雄泉先生的学生，爱画领带，以及爱在旅行皮箱上作画。

蔡澜交游甚广，最崇拜的是金庸先生，有幸成为他的好友之一。

蔡澜数年前去到澳门，有一举办国际料理学院的计划，与日本的烹饪大学合作，但未成功，却爱上澳门的悠闲生活，开始在当地置业。

澳门蔡澜美食城筹备多时，终于在二〇〇五年八月四日开幕。

以上所记，皆为一时回忆，毫无文件资料支持。学校文凭，因长久不曾使用，亦失踪迹，其中年份日期也算不清楚。蔡澜对所做过的事，负责就是。

　　蔡澜记于二〇〇五年八月十八日生日的那一天。

跋·以"真"为生命真谛，只求心中真喜欢

不拘一格降人才

要用文字素描一个人，当然要先写下他的名字：

蔡澜。

然后，当然是要表明他的身份。

对一般人来说，这很容易，大不了，十余个字，也就够了。可是对蔡澜，却很费工夫。而且还要用到标点符号之中的括号和省略号，括号内是与之相关，但又必须分开来说的身份，于是在蔡澜的名下，就有了这些：

作家，电影制片家（监制、导演、编剧、策划、影评人、电影史料家），美食家（食评家、食肆主人，食物、饮料创作人），旅行家（创意旅行社主持、领队），书法家，画家，篆刻家，鉴赏家（一切民间艺术品推广人、民间艺术家发掘人），电视节目主持人，好朋友（很多人的好朋友）……还有许多，真的不能尽述。

这许多身份，都实实在在，绝非虚衔，每一个身份，都有大量事实支持，下文会择要述之。

在写下了那么多身份之后，不禁喟叹：人怎么可以有这样多方面的才能？若是先写下了那些身份，倒过来，要找一个人去配合那些身份，能找到谁？

认识的人不算少，奇才异能之士很多，但如能配得上这许多身份的，还是只有他：蔡澜！

蔡澜，一九四一年八月十八日生于新加坡（巧之极矣，执笔之日，就是八月十八日，蔡澜，生日快乐），这一年，这一天，天公抖擞，真是应了诗人所求，不拘一格，降下人才。

人才易得，这许多身份不只是名衔，还有内容，这也可以说不难，难得的是，他这人，有一种罕见的气质，或气度。那些身份，或许都可以通过努力获得，但气度是与生俱来，是天生的，他的这种气质、气度，表现在他"好朋友"这身份上。

桃花潭水深千尺

好朋友不稀奇，谁都有好朋友，俗言道：曹操也有知心人。不过请留意，蔡澜的"好朋友"项下有括号：很多人的好朋友。

要成为"很多人的好朋友"，这就难了。与他相知逾四十年，从未在任何场合听任何人说过他坏话的，凭什么能做到这一点？

凭的，就是他天生的气质，真诚交友的侠气。真心，能交到好朋友，那是必然的事。

以真诚待人，人未必以真诚回报，诚然，蔡澜一生之中，吃所谓"朋友"的亏不少，他从来不提，人家也知道。更妙的是，给他吃亏的人士知道占了他的便宜，自知不是，对他衷心佩服。

许多朋友，他都不是刻意结交来的，却成为意气相投的好友，友情深厚的，岂止深千尺！他本身有这样的程度，所交的朋友，自然程度也不会相去太远。

这里所谓"程度"，并不是指才能、地位，而是指"意气"。意气相投，哪怕你是贩夫走卒，一样是朋友；意气不投，哪怕你是高官富商，一样不屑一顾，这是交友的最高原则。

这种原则也不必刻意，蔡澜最可爱的气质之一，就是不刻意地君子。有顺其自然的潇洒，有不著一字的风流，所以一遇上了可交之友，自然而然友情长久，合乎君子交游的原则，从古至今，凡有这样气质者，必不会将利害得失放在交友准则上，交友必广，必然人人称道。把蔡澜朋友多这一点，列为第一值得素描点，是由于这一点是性格天生使然，怎么都学不来——当然，正是由于看到他的许多创意，他成为许多人模仿的对象，所以有感而发。

蔡澜的创意无穷，值得大书特书。

千金散尽还复来

蔡澜对花钱的态度，是若用钱能买到快乐，不惜代价去买；若用钱能买到舒适，不惜代价去买……

这样的态度，自然"花钱如流水"，钱不会从天上掉下来，也自然要设法赚钱。

他绝对是一个文人，很有古风的文人。从他身上，可以清楚看到古人的影子，尤其像魏晋的文人，不拘小节，潇洒自在。可是他又很有经营事业的才能，更善于在生活的吃喝玩乐之中发现商机，成就一番事业，且为他人竞相模仿。

喜欢喝茶，特别是普洱，极浓，不知者以为他在喝墨水，他也笑说"肚里没墨水，所以喝墨水"，结果是出现了经他特别配方的"暴暴茶"，十余年风行不衰。

喜欢旅行，足迹遍天下，喜欢美食，遍尝各式美味，把两者结合，首创美食旅行团。在这之前，旅行团对于参加者在旅行期间的饮食并不重视，食物大都简陋。蔡澜的美食旅行一出，当然大受欢迎，又照例成为模仿对象。参加过蔡澜美食旅行团的团友，组成"蔡澜之友"，数以千计，更有参加十数次以上者。这种开风气之先的创举，可以用成语"不胜枚举"来形容，各地以他名字命名的"美食坊"可以证明。

这些事业，再加上日日不辍地写作，当然有相当丰厚的收入，可是看他那种大手大脚用钱的方式，也不禁替他捏一把汗。当然，这十分多余，数十年来，只见他愈花愈有。数年前，遭人欺骗，损失巨大（八位数字），吸一口气，不到三年，损失的就回来了，主宰金钱，不被金钱主宰，快意人生，不亦乐乎。

真正了解快乐且能创造快乐、享受快乐，当年有腰悬长剑、昂首阔步于长安道路的，如今有背着僧袋，悠然闲步在香港街头的，两者之间，或许大有共通之处？

众里寻他千百度

对人生目的的追寻，可以分为刻意和不刻意两种，众里寻他，也可以理解为对理想的追寻。

表面上的行为活动，是表面行为，内心对人生意义的探讨，对人生理想的追求，则属于内涵。

虽说有诸内而形诸外，但很多时候，不容易从外在行为窥视内心世界。尤其是一般俗眼，只看表面，不知内涵，就得不到真实的一面了。

看人如此，读文章更如此。

蔡澜的小品文，文字简洁明白，不造作，不矫情，心中怎么想，笔下就怎么写，若用一个字来形容，就是：真。

乍一看，蔡澜的小品文，写的是生活，他享受的美食，他欣赏的美景，他赞叹的艺术，他经历的事情，大千世界，尽在他的笔下呈现。

试想，他的小品散文，已出版的，超过了一百种，即便是擅写此类文体的明朝人，也没有一个人留下这许多作品的，放诸古今中外，肯定是一个纪录。

能有那样数量的创作，当然是源自他有极其丰富的生活经历。

读蔡澜的小品散文，若只能领略这一点，虽也足矣，但是忽略了文章的内涵，未免太可惜了。"谁解其中味"？唯有能解其中味的，才能真得蔡文之三昧。

他的文章之中，处处透露对人生的态度，其中的浅显哲理、明白禅机，都使读者能得顿悟，可以把本来很复杂的世情困扰简单化：噢，原来如此，不过如此。可以付诸一笑，自然、快乐、轻松，这就真是"蓦然回首"就有了的境界，这是蔡澜小品文的内涵，不要轻易放过了！

闲来无事不从容

工作能力，每人不同，有的能力强，有的能力弱。能力强者，做起事来不吃力，不会气喘如牛，不会咬牙切齿，会兵来将挡，水来土掩，旁观者看来，赏心悦目，连连赞叹。能力弱者，当然全部相反。

若干年前，蔡澜忽然发愿，要学篆刻，闻言大吃一惊——篆刻学问极大，要投入全部精力，其时他正负电影监制重任，怎能学得成？当时，我用很温和的方法，泼他的冷水："刻印，并不是拿起石头、刻刀来就可进行的，首先，要懂书法，阁下的书法程度，好像……哼哼……"那言下之意，就是说：你连字都写不好，刻什么印！

他听了之后，立即回应："那我就先学写字。"

当时不置可否。

也没有看到他特别怎样，他却已坐言起行，拜名师，学写字。

大概只不过半年，或大半年左右，在那段时间内，仍如常交往，一点也没有什么特别之处。一日，到他办公室，看到他办公桌上，"文房四宝"俱全，俨然有笔架，挂着四五支大小毛笔，正想出言笑话他几句，又一眼看到了一叠墨宝，吃了一惊：这些字是谁写的？

蔡老兄笑嘻嘻地泡茶，并不回答，一派君子。

这当然是他写的，可是实在难以相信。

自此之后，也没有见他怎样搓手呵冻地苦练，不多久，他的书法成就卓然，而且还有浑然之气，毫不装腔作势。篆刻自然也水到渠成，精彩纷呈，我只好感叹：有艺术天才，就是这样。他的这种从容成事的态度，在其他各方面，也无不如此。在各种的笑声之中，今天做成了这样，明天又做成了那样，看起来时间还大有空闲，欧阳先生曰：得其一，可以通其余。

信然！

最恨多才情太浅

蔡澜书法，极合"散怀抱，任情恣性"的书道，所以可观。其实，书道、人道，可以合论。蔡澜的本家蔡邕老先生在《笔论》中提出的书道，拿来作做人的道理，也无不可。

在对待女性的态度上，蔡澜绝对是大男子主义者。

此言一出，蔡澜的所有女性朋友，可能会哗然："怎么会，他对女性那么好，那么有情有义，是典型的最佳男性朋友，怎么会是大男子主义者？"

是的，所有他的女性朋友对他的赞语，都是对的，都是事实，也正因为如此，才说他是大男子主义者。

唯大男子主义者，才会真正对女性好，把女性视作受保护的弱小对象，放开怀抱，任情尽心地爱之惜之，呵之护之，尽男性之天职，这才是真正的大男人。

（小男人、贱男人对女性的种种劣行，与大男人相反，不想污了笔墨，所以不提了。）

女性朋友对蔡澜的感觉，据所见，都极良好，不困于性别的差异，从广义的观点来看一个"情"字，那是另一种境界的情，是一种浅浅淡淡的情，若有若无的情，隐隐约约的情，丝丝缕缕的情……

若大喝一声问：究竟是什么啊？

对不起，具体还真的说不上来。只好说：不为目的，也没有目的，只是因了天性如此，觉得应该如此，就如此了。

说了等于没有说？当然不是，说了，听的人一时不明，不要紧，随着阅历增长，总会有明白的一天，就算终究不明，又打什么紧？

好像扯远了，其实，是想用拙笔尽可能写出蔡澜对女性的情怀而已。不过看来好像并不成功？

回首亭中人，平林澹如画

试想看云林先生的画：天高云淡，飞瀑流泉，枯树危石，如斗茅亭，有君子兮，负手远望，发思古之幽情，念天地之悠悠，时而仰天大笑，笑天下可笑之事，时而低头沉思，思人间宜思之情，虽茕茕孑立，我行我素，然相交通天下，知己数不尽。

若问君子是谁，答曰：蔡澜先生也。

回顾和他相知逾四十年，自他处学到的极多。"凡事都要试，不试，绝无成功可能，试了，成功和失败，一半一半机会。"这是他一再强调的。只怪生性不合，没学会。

"既上了船，就做船上的事吧。"有一次跟人上了"贼船"，我极不耐烦，大肆唠叨时他教的，学会了，知道了"不开心不能改变不开心的事，不如开心"的道理，所以一直开开心心，受益匪浅。

他以"真"为生命真谛，行文如此，做人如此。所以他看世人，不论青眼白眼，都出自真，都不计较利害得失，只求心中真喜欢。

世人看他，不论青眼白眼，他也浑不计较，只是我行我素：岂能尽如人意，但求无愧我心。

这样的做人态度，这样的人，赢得社会上各色人等对他的尊重敬佩，是必然的结果。有一次，我在前，他在后，走进人丛，只见人群纷纷扬手笑脸招呼，一时之间以为自己大受欢迎，飘飘然焉，及至发现众人目光焦点有异，才知道是和身后人在打招呼，当场大乐：这是典型的"狐假虎威"。哈哈。

即使只是素描，也描之不尽，这里可以写一笔，那里可以补两笔，怎么也难齐全。这样的一个人，哼哼，来自哪一个星球？在地球上多久了？看来，是从魏晋开始的吧？

倪匡

附录

人生真好玩儿

首先，我很喜欢看这个节目，但是我看完了以后就有种感觉——被请来的嘉宾都是有头有脸的，但是为什么要整天让他罚站呢。大概是上辈子淘气淘得多吧，弄张椅子来坐坐如何，谢谢谢谢，这样舒服得多。

我的名字叫蔡澜，为什么叫蔡澜呢？因为我是在南洋出生的，我爸爸说："你就叫蔡南吧，南方的南。"但是我有一个长辈，名字中也有个"南"字，所以说不好、忌讳，就改成这个波澜的"澜"字。古语也有云："七十而从心所欲，不逾矩"，就是七十岁能随心所欲而不越出规矩，一下子就活了。

这个人生真的不错，真的好玩啊。有两种想法，你如果是认为很好玩就好玩，认为不好玩就不好玩。就像你一出门，满天乌鸦嘎嘎嘎地叫，你可能觉得这个很倒霉。但是你想，乌鸦是唯一在动物中间会把食物含着给爸爸妈妈吃的，这种动物很少，包括人类。所以说在这么短短的几十年里面，要把人生看成好的，不要看成坏的，不要太灰暗。我是最喜欢跟年轻人聊天的，因为我想我可以跟他们沟通，我自己心态还算年轻。我发现很多年轻人跟我还是有一点代沟，就是我比他们年轻一点。尽量地学习，尽量地经历，尽量地旅游，尽量地吃好东西，人生就比较美好一点，就这么简单。我喜欢看书，我喜欢看很多很多的书，什么书我都看，小的时候就看《希腊神话》，喜欢看这些幻想的东西。我也很喜欢旅行，一喜欢旅行，眼界就开了，看人家怎么过活。我在西班牙的时候去看外景，有一个老头在那边钓鱼，西班牙那个岛叫伊比沙岛，退休的嬉皮士在那边住的。这个老嬉皮在那边钓鱼，我一看前面那些鱼很小，转过头来发现那边的鱼大得不得了。我说："老头儿，那边鱼大，为什么在这边钓？"他看着我说："先生，我钓的是早餐了。"没错，一句话把你的人生的贪婪什么的都唤醒了。

在旅行过程中，你可以学到很多很多的人生哲理。另外的一次，在印度山上，那个老太太整天就煮鸡给我吃。我说："我不要吃鸡了，我要吃鱼呀！"那太太说："什么是鱼呀？"她都没见过，那是山上。我就拿纸画了一条鱼给她，说："你没有吃过真可惜呀。"老太太望着我说："先生，没有吃过的东西有什么可惜呢？"都是人生哲理。

我出道很早，差不多十九岁已经开始做电影的工作了。那时候跟一些老前辈一坐下来，一桌子十二个人，我最年轻。但是我坐下来的时候，我已经在想有一天我坐下来时我是最老的呢。果然，这个好像一秒钟以前的事。我昨天晚上跟人家去吃饭，我一坐下来已经是最老的了。所以不要以为时间很长，就是这么一刹那就没了。提到墨西哥，我在墨西哥也住了一年，去到墨西哥的时候，我看有人家卖烟花爆竹，我想去买来放。我的朋友说："蔡先生，不行，不行啊，死人才放的呀！"为什么死人要放烟花爆竹？其实他们那边的人生活很辛苦，人很短命，跟死亡接触得很多。既然接触得很多，为什么不把死亡这件事情变成一种欢乐的事情呢？为什么一定要生着才庆祝嘛，人死了就庆祝呗。

我认为年轻人要做什么都可以的，只要有心，你们总有一天可以做到，这个就是年轻的好处。在玩乐中体验人生，在平常的烟火气中感受生活的美好。我到一个餐厅去，我吃了感觉很好吃，就写文章推荐给大家。因为做生意的确不容易，我不会随便骂人。至少我写的那些文章人家拿去，都是彩色放大以后贴在餐厅外面。你到香港去看好了，通通是。总之，做什么事情都要很用心去做，样样东西都学，有一本书教你怎么做酱油的，我也买回来看。像我，我也练练书法、刻图章，学完了以后，学多了就样样东西是专家，所以，人的本事越多越不怕。就是我有一天坐飞机，晚上的飞机，深夜的飞机多数会遇到气流，这个飞机就一直颠，一直颠，颠就让它颠吧，我就一直在喝酒。旁边坐了一个澳大利亚大肥佬，一直在那抓住的，一直怕，一直抓，一直怕。飞机稳定下来了以后，他看着我，非常之满意地看着我。他说："喂，老兄，你死过吗？""我活过。"

年轻人，总要有点理想，总要有点抱负，总要有点想做的事情，要做就尽量去做吧！

（编者注：据《开讲啦》演讲稿整理）

我的方向就是把快乐带给大家

　　很多人会很羡慕我的人生，但是，不用羡慕，实行去，谁都可以的。

　　我在北京常吃的就是那几家饭店，吃羊肉，因为到了北京不吃羊肉不行嘛。北京就羊肉做得最好。

　　有个地方是一个朋友介绍的。我们到每个地方去，都有一些当地喜欢吃东西的朋友，而且你看过他们写的文章或者发表过的微博什么的你就会认识。认识这个人，那么就到那边去找这个人。信得过了，那么他就介绍这里好、那里好。

　　好吃的东西我当然喜欢吃，但不好吃的东西，我也可以学着去吃它。好不好吃，你没有吃过，就没有权利评判。但试过了以后知道不好吃就不吃。

　　到国外的话，如果遇见什么都不好吃的情况，那么我宁可饿肚子。比如，有一次我在伦敦街头，肚子很饿了，走来走去都是这个M字头的店。我死都不肯进去，多饿我都不肯。

　　后来碰到一个土耳其人在卖那个一块一块的小肉，用刀切。

我就终于有东西可吃了。

吃饭是有尊严的，不好吃我就不吃，宁可饿着。

我从来不会把吃当成半个工作。

我有一个写了几十年的专栏叫作"未能食素"。有一天我说：唉，旅行的时候也要我发稿？别的文章可以一边旅行一边写，只有这一篇东西不能够，因为你离开了很久，你没有吃过那个餐厅，你不能乱写。

我这一生到现在为止，并没有做到很任性地生活。倪匡先生也讲过，不能够想做就做，可以不想做尽量不做。想做就做就天下大乱了。

我想做的事就是我的方向，我的方向就是一方面把欢乐带给大家，另一方面又可以赚钱，尽量不要做亏本的事情，我现在这个年纪还做亏本的事很丢脸的嘛。

我最得意的发明是和镛记老板甘建成先生一起还原了金庸小说《射雕英雄传》里的"二十四桥明月夜"这道菜。

这道菜的来源是：黄蓉要求洪七公教武功，洪七公说，你煮一个菜给我吃。黄蓉说，吃什么？洪七公说，吃豆腐。怎么做呢？要把那个豆腐塞在火腿里面。那么这个怎么做呢？书上没有写明。因为这里（镛记）有个金庸宴，我就跟这里的老板甘先生一块去研究，研究完了我们就把一个火腿切了三分之一，然后用电钻钻了二十四个洞，因为这个菜名叫作"二十四桥明月夜"，是由一个诗句里出来，再把那个豆腐放在这二十四个洞里面，再用盖盖起来拿去蒸。因为火腿的味道都已经进入豆腐里，所以，这道菜只吃豆腐，火腿弃之。

金庸吃了之后，表示很喜欢。

除了金庸小说里的菜式，我也试着还原过其他作品里的菜，比如《红楼梦》以及张爱玲的一些小说，但是，最后弄出来的菜，其实都不好吃。

（编者注：据《鲁豫有约》整理）

你不给我别的机会，
那我就从中找到别的乐趣

我做监制就是邵逸夫先生教的，他说你要是喜欢电影的话，你就要多接触电影这个行业一点，你如果单单是做导演的话，那么这部戏你拍完了以后就剪辑，时间紧，牵涉到的范围比较窄小；你如果做监制的话，任何一个部门你都要知道，做监制有一个好处就是你懂的事情多了以后，你就可以变成种种的部门，你变成一个专家以后，你的生存机会就会越来越多，可以去打灯，可以去做小工，总之你的求生的技能越来越多，你的自信心就强起来了，都是这样。

邵逸夫先生之所以给我这么多机会，一方面因为跟我的父亲是世交，另一方面还因为他觉得从我这个年轻人身上能看到当年的自己，觉得我是适合做这一行的。他是喜欢我的，所以他才会把所有的事情都讲给我听。

但并不是因为邵先生的关系，我一上来就要管很多人、很多事，我也要像新人一样从头开始，去学习，学习了之后才可以去做。

我参与的第一部电影是从他们来拍外景开始，像张彻先生来拍《金燕子》，我不是整部戏参与，就是外景部分罢了。从那里学起，一直学，跟这些工作人员打好关系以后，我就开始自己拍戏。我跟邵先生讲，你们在香港拍一部戏要七八十万，甚至一百万，我这里二三十万就给你搞定了。你们拍戏在香港拍要五六十天，我这里十几天就给你搞定了。那时候是越快生产越好，因为是工厂式的作业，所以他也就听得进去。他说那你就拿这笔钱去，你就去拍。我就开始在日本拍香港戏，请了几个明星过来，其他工作人员都是日本人，拍完了以后就把它寄回去，就在香港上映。所以在东京拍香港片子就算是外景，也不能够拍日本外景，都要拍得很像香港，模仿香港，所以看到富士山也把它剪掉，不拍的。

那时候我二十多岁，但我必须掌控全局，没别的办法，就学，学完了以后从犯了很多错误开始，但犯错误不是坏事情。

我对所有的工作人员都要求很高，所以我曾经一度把所有的工作人员都炒了鱿鱼，只剩下我一个，然后重新开始组织。就是因为拍一部片子的时候，他们太慢。

没人了也没关系，再去组织就是了。

但这件事给我的一个经验就是，我要炒人的话，从炒一两个开始，不要通通炒掉。

我对人对己都要求很严，尤其是自己，要从自己开始。

合作的那么多导演，都是一些很以自我为中心的怪物。没有一个我喜欢的，我都很讨厌他们。

如果让他们来评价我的话，他们会说中午那顿吃得很好。

那是香港电影最好的时候，因为忙碌，不断地有戏拍。因为每部戏都卖钱。

但是也会困惑。因为没有自己喜欢的题材、喜欢的片子，像我跟邵逸夫先生讲，我说邵氏公司一年生产四十部戏，我们拍四十部戏，如果其中一部不为了卖钱，而是为了艺术、为了理想，这多好。这是可以的，四十部中间赌一部是可以赌得过的。

他说：我拍四十部戏都能赚钱，为什么我要拍三十九部赚钱，一部不赚钱？我为什么不通通拍赚钱的？那么我也讲不过他，结果就是没有什么自我了。那时候我的工作就是一直付出，一直付出，一直把工作完成，没有说自己想拍些什么戏就可以拍，所以如果谈起电影的话，我真的是很对不起电影的。我对这段做电影的生涯，不感到非常骄傲，我反而会欣赏电影，我欣赏的能力还不错。我做监制的时候为工作而工作，人家常常批评我，他说：你这个人，到底对艺术有没有良心？我说：我对艺术没有良心。他说：你是一个没有良心的人。我说：我有，我对出钱给我拍戏的老板有良心，因为他们要求的这些，我就交货给他们，我有良心的，我不能够为了自己的理想而辜负人家拿了这么大的一笔钱，让我来玩，我玩不起。

我只是赶上电影最容易卖的时候。但是作为一个有抱负的电影人，其实那是挺痛苦的。

但是我没有后悔过。因为每个人都有自己的时代。

我那时候的心态就是把电影当成一个很大的玩具，因为你现在没有的玩，现在拍电影，好像大家都愁眉苦脸痛苦得要死。我很会玩啦，我会去找最好的地方拍外景，当年最好的酒，当年最好的一桌子菜，我都把它重现起来，女人我也会重现，让她们穿最漂亮的旗袍，这些我会很考究的，把这部戏拍起来，在拍的中间，我很会玩，我已经达到我的目的了。

被这个时代推着，你不给我别的机会，那我就从中找到别的乐趣。

我经过这种失意的年代，那时候我就开始学书法。三十几岁吧，有一段时间很不愉快，不愉快，我就学东西了。

我学书法就很认真地去学，书法和篆刻，刻图章，现在还可以拿得出来，替人家写写招牌。

内心是会郁闷的。当然郁闷时间很短了，后来我才发现我在书上也写过，干了四十年电影，原来我不喜欢干电影这行。

因为我喜欢的是欣赏、看，我不喜欢参与在里面，但是我会把自己变成一些大的玩具，就好玩，对自己的人生也有帮助，现在我只欣赏电影就好了，不再去搞制作，制作很头痛。

我做不了像邵逸夫那样的电影大亨。我没有那种决心，很多很绝情的事情我做不了，很多决定我做不了。

比如你要很绝情地说：每一部戏都要赚钱。这个很绝情吧，

240

我就不可以了，我说：有钱就完了吗?

但我不较劲，这个事情我做不好的话我离开一段时间，我试一件别的事情。

这点就是很多很多经验积累下来以后，让我离开，让我决定再也不回来。

我不遗憾，我知道遗憾也没有用。我也不是一个有野心的人。我只是对工作要求高，我不怕得罪人，我看到不喜欢的我就开口大骂了。

在电影圈里面要找到一两个性情中人不容易，都是很有目的地去完成一件事情的人。做导演的多数都是想着"我自己成名就好了，你们这些人死光了也不关我事"的人，这种人我不喜欢。

我最欣赏的人都不是电影圈的，像黄霑、倪匡、金庸、古龙。这几个人是我最好的朋友。共同点都是文人，都是对生活好奇的人，都是性情中人。

（编者注：据《鲁豫有约》整理）